सेबलोक

और अन्य कहानियां

तरुण श्याम बजाज

Copyright © Tarun Shyam Bajaj 2022
All Rights Reserved.

ISBN 979-8-88704-355-5

This book has been published with all efforts taken to make the material error-free after the consent of the author. However, the author and the publisher do not assume and hereby disclaim any liability to any party for any loss, damage, or disruption caused by errors or omissions, whether such errors or omissions result from negligence, accident, or any other cause.

While every effort has been made to avoid any mistake or omission, this publication is being sold on the condition and understanding that neither the author nor the publishers or printers would be liable in any manner to any person by reason of any mistake or omission in this publication or for any action taken or omitted to be taken or advice rendered or accepted on the basis of this work. For any defect in printing or binding the publishers will be liable only to replace the defective copy by another copy of this work then available.

यह रचना समर्पित है मेरे गुरुजन, मेरे माता, पिता और परिवार को।

अनुक्रमणिका

प्रस्तावना

प्रिय पाठक,

ईश्वर कि कृपा और माता पिता के स्नेह और आशीर्वाद से मुझे यह सौभाग्य प्राप्त हुआ कि मै अपने हृदय मे निहित भावनाओं को कल्पना के परिधान पहना चुनिंदा कहानियों के रूप मे प्रस्तुत कर रहा हूं। संसार एक विशाल परिसर है जहां जीवन विविध रूपों मे अपने कर्मानुसार फलों को भोगता है। वैज्ञानिकों ने हरेक प्राणी मात्र को दो अस्तित्वों मे बांट दिया, एक जीव और एक निर्जीव। एक कोशिकाओं से बना तो एक पदार्थों से बना परंतु जीव को सजीव बनाती हैं भावनाएं। भावनाएं कई बार प्रतिकूल स्थितियों मे क्षुब्ध अवस्था मे चली जाती हैं और प्राणीमात्र निर्जीव सा लगता है।ऐसी ही एक कहानी है बंजर जमीन की जो एक लंबे एकांतवास को झेल रही है और तपते सूरज कि गर्मी मे अपनी कठोर हो चुकी गर्भ की पीड़ा से जूझती जूझती निर्जीव सी हो गयी है। संयम और पीड़ा का समन्वय क्या उस बंजर जमीन को फिर से सजीव बना देगा। चलिए आगे बढ़ते हैं एक ऐसे काल्पनिक लोक मे जहां के तंत्र प्रणाली कि डोर एक द्ररिद्र के हाथों मे देख एक सेठ भौखला जाता

है और यह लोक एक अनिश्चित भविष्य की और बड़ता है। सेबलोक कहने को तो काल्पनिक है परंतु कई मार्मिक सत्यों को उजागर करता है। प्रिय पाठकों इन कहानियों की प्रेरणा मुझे अपने कार्यक्षेत्र मे पड़ते भिन्न भिन्न स्थानों से निकलते हुए मिली। कंही किसी गांव मे एक बंजर जमीन का टुकड़ा देख लिया तो कभी किसी मजदूर पर सेबों के गौदाम मे माल ढोते हुए नजर पड़ गयी और मेरी कल्पना शक्ति के पंख निकल आये। ऐसी ही एक और कहानी पड़ी मिली एक नदी के पास जिसके किनारे पर पक्षियों का झुण्ड अपने अपने कौतुक मे लगा हुआ था।मेरे काल्पनिक पंख उनसे ऊंचे तो ना उड़ पाये पर एक उड़ान कि अनुभूति जरूर होती है। पुस्तक का समापन एक हल्की फुल्की कहानी के साथ करने का प्रयास किया है जो अवश्य ही आपके मुख पर एक मुस्कान ले आयेगी। मैने यह अभिव्यक्ति लेखक के रूप मे शुरू कि और एक याचक के रूप मे समाप्त कर रहा हूं। आपके स्नेह, प्रशंसा और आलोचना की प्रतिक्षा रहेगी।

तरुण श्याम बजाज

बँजर जमीन

सालों से पड़ी निर्जीव, शुष्क, दरारों से भरी, पत्थर की तरह सख्त हो चुकी हुई अपने कई वर्ष पहले उपजाऊ दिनों को याद करती हुई मैं सूरज को निहार ही रही थी कि एक नन्ही चिड़िया धड़ाम से मेरी छाती पर आकर गिरी। औंधे मुंह पड़ी चिड़िया दोनों आंखें बाहर, चोंच के बीच कुछ फंसा हुआ था मानो कोई कंकर या अनाज का दाना या कोई बीज।कुछ पंख इधर उधर बिखर गये। चिड़िया ने गिरते ही दम तोड़ दिया।एक श्वास भी नही बचा सकी की कुछ बता पाये। बीते सालों मे ना जाने कितने ही परिंदों ने ऐसे प्राण देकर मेरे बंजर अस्तित्व को ठेस पहुंचाई है।हर चिड़िया कि मौत मुझे ग्लानि से भर देती।यह सोच के सिहर जाती कि मेरी पृष्ठभूमि इतनी कठोर है कि मात्र एक मुट्ठी जितनी चिड़िया,मखमली पंखों से सुसज्जित, जब भी यहां गिरी है, उसकी आत्मा के भी अस्थि पिंजर हिल गये होंगे। क्या इन चिड़ियों कि आत्मा स्वर्ग सिधारी होगी या यहीं कहीं भटक रही हैं।ऐसे प्रश्न भयभीत करते। कई रातों को तेज हवा के झोंके यहां से गुजरते तो अजीब सी सायं- सायं की अवाजें सुनाई देती। मानो लगता की बदले कि भावना से

लिप्त इन मरी हुई चिड़ियों कि आत्माएं एकत्रित होकर अपनी वेदनाओं का आलाप कर रही हैं।तब मेरा भी उनसे रुदन भरा एक प्रश्न होता की ऐसा कौन सा आकर्षण तुम्हें धरती के इस भाग मे खींच लाया था। फिर सोचती की गुरूत्वाकर्षण के अलावा तो बंजर जमीन का कोई आकर्षण नही होता। "वही खींच लाया होगा," यह सोच सारा दोष उस पर मढ़ देती। उसकी भूख को शातं करने के लिये मेरे पास सपाट धरातल के अलावा कुछ था भी तो नही जिसे उसने ऐसे बाहुबल के साथ खींच रखा था कि सतह पर पड़ी मेरी जीवन रेखाएं समय के साथ-साथ और गहरी हो रही थी और यह मेरी निरंतर पीड़ा का स्रोत थी। कहने को तो मै बंजर हुं पर मेरे दर्द कि कोई सीमा नही थी। खैर दिन ढला,रात चड़ी और अगला दिन आया। चिड़िया का शव टस से मस पड़ा चोंच मे दबाये एक दाना जो मेरे अंदर उत्सुकता पैदा कर रहा था की आखिर मरणोपरांत भी चिड़िया ने उस कण को नही छोड़ा। अब इंतजार था चिड़िया के शव का तत्वों मे लीन होने का अलबत्ता उसे कोई गिद्ध ना ले जाये। पिछली बार जब गिद्ध आये थे तो एक

दुर्बल भैंसों का जोड़ा, जो शायद अपनी उत्पादकता खोने के कारण ईधर छोड़ दिया गया हो, गिद्धों का आहार बने थे। उन्हें यू निर्ममता के साथ विलीन होते देख प्रकृति कि उस व्यवस्था पर क्रोध आया जहां एक जीव दूसरे जीव को खाता है।मात्र दो दिनों मे गिद्धों कि टोली ने उनके मृत शरीर का ऐसा संहार किया कि उनके दूधिया रंग जैसे अस्थि पिंजर उबलते सूरज के प्रकाश को न्यौछावर हो रहे थे। धीरे-धीरे उनका कंकाल वायु के तेज वेग से तितर बितर होता गया। समय कि यह कैसी विडंबना थी कई वर्षों पहले मेरी ही कोख से पनपे थे विशाल, हरे भरे और फलदार वृक्ष जो मेरे मातृत्व को सींच रहे थे और उन्ही पेड़ों की सुडौल शाखाओं पर जब कोई नटखट बालक चड़ता तो उसके नंगे पैरों के स्पर्श से मुझे उसकी बालरुपी भावनाओं का आभास हो जाता। ना जाने ऐसे कितने ही स्पर्श मेरे कण कण को दिन प्रतिदिन जीवांत करते थे।नन्हे बालक बालिकाओं के कोमल पैर जब क्रीड़ा करते मेरी मिट्टी से सन्न जाते और माताएँ जब अपनी हथेलियों से मिट्टी को रगड़ रगड़ कर उतारती तो उनकी हस्त रेखाओं मे अपनी नन्ही सी जगह बना

ही लेती।बाकी बची मिट्टी मुझमे इस आनंद के साथ मिल जाती जैसे चार धाम की यात्रा कर आयी हो। गेहूं कि अपार फसल से बोझिल जब मै गुजरती हवाओं से बतियाती तो लहलहाते खेत मेरे मन मे बसे उमंग का प्रदर्शन करते।किसान जब अपने कर्मठ पैरों से फसल की बुआई के लिए मेरी छाती को रोंद्ता तो मानो ऐसा आभास होता जैसे नन्हा शिशु अपने मां के वक्षों से उस मातृत्व का शोषण कर रहा है जिसके लिए माता हमेशा तत्पर रहती है क्योंकि वह जानती है की उसका यह शोषण ही समस्त संसार के भरण पोषण का सृष्टि द्वारा निर्धारित एकमात्र अमुल्य स्त्रोत है। ना जाने ऐसी कितनी ही क्रियांए मेरी धरातल पर घट रही थी मानो प्रतिदिन कोई पर्व हो। चाहे बैलगाड़ीयों का धीरे धीरे चलते एकदम रफ्तार पकड़ लेना हो या राजा के शाही घोड़ों कि टापें जो दक्षिण मे बने तालाब पर जाकर रूक जाती थी।मेरी गीली मिट्टी ने कितने ही घाव भरे थे, कितनी ही दीवारों कि दरारें, कितने ही घड़ो कि कोख बनी थी और कितने ही दीयों कि हथेलीयां।मेरा हर उस मापदंड पर उतरना जो जीवन को पर्याप्त और नियमित संसाधन प्रदान कर रहा

था मेरे लिए अपार गर्व का विषय था। साथ ही मैं इस कटु सत्य से अज्ञात हो गयी कि समय जब दुशासन बन आपका चीर हरण करता है तो प्रथम उस आवरण को भंग करता है जिसके पीछे छिपी माया भौतिक सुखों का रूप धारण कर आपके शाश्वत रूप को छलती रहती है और शाश्वत रूप का साक्षात्कार ही एकांतवास का सूचक है। मेरा एकांतवास भी द्वार पर खड़ा था प्रवेश के लिए नही अपितु दरबान बनकर जिसने परिहास ही परिहास मे वह कपाट खोल दिये जिसे मैंने वर्षों के निस्वार्थ प्रेम से बांध रखा था।एक वर्ष जब ग्रीष्म ऋतु अंतिम चरण मे थाऔर वर्षा ऋतु के बादल दूर कहीं शायद अपनी संयम गति से सहसत्र जल धाराओं को समेटे अग्रसर हो रहे थे तब एक सुबह ऐसी आयी जब सूरज कि पहली किरण पूर्व दिशा को ऊष्मा प्रदान करती पश्चिम के वृक्षों पर पड़ी तो दैनिक क्रिया से बाध्य सभी प्रजातियों कि चिड़ियां कणृभेदी कोलाहल करती हुई अपने घोसलों को छोड़ रश्मि का आलिंग्न करती आकाश के महासागर मे उत्तर दिशा को बह रही थी। विभिन्न प्रजातियों का यह गठबंधन विरला था पर कई प्रशन भी उत्पन्न कर

रहा था। जब मेघों का जमघट कभी भी लग सकता है ऐसे मे उनकी यह उड़ान किसी पलायन से कम नही लग रही थी।फिर इस सांत्वना के साथ अपनी शंका पर विराम लगाया कि अपने भंडार गृहों को और पर्याप्त करने के लिए कहीं दाना चुगने गयी होंगी। जब शाम पड़ी और सूरज कि आखिरी किरण पश्चिम द्वार से लुप्त हुई तो एक सन्नाटा परस गया पूरे वन मे।कोई भी चिड़िया नही लौटी। पेडों कि वह डालियाँ जो नीवं थी उनके घरौंदों की आज तरस रही थी उनके नन्हे से भार के लिए। वर्षों से खड़े मूकबधिर वृक्ष आज बहती पवन से अपनी व्याकुलता का निवारण पूछ रहे थे कि शायद वायु का कोई वेग उन परिंदों की उड़ान के विपरीत होगा और जानता होगा उनके इरादों के बारे मे। कुछ दिन बीते पर वह नही लौटी और वर्षा ऋतु के निरूपम बादल पूरे नगर पर मंडरा रहे थे। हर जीव और निर्जीव मानो एक ही रंग के लग रहे थे। धान के बीज अपने शिशु रुप मे मेरे आंचल मे छिप जलमग्न होने के लिए अति उत्साहित थे।नगर के लोग ऋतु के इस फेरबदल को उत्सव मान अपने व्यंजनों, परिधानों और दैनिक क्रियाओं मे होन वाले अस्थायी बदलाव

को कई अपेक्षाओं से जोड़े हुए थे। दक्षिण मे बना तलाब और नगर के कुएं जो हमेशा से विश्वसनीय स्त्रोत रहे हैं जल आपूर्ति के, वह भी याचक कि भांति, अपने स्वाभिमान को परे रख, दीर्घायु होने का वरदान मांग रहे थे।जहां हर प्राणी अपनी अपनी भावनाओं के आधार पर वर्षा ऋतु को परिभाषित कर रहा था, वहां वृक्ष चिड़ियों के वियोग मे वर्षा कि बूदों से होने वाले आलिंगन को लेकर नाममात्र भी रोमांचित नही लग रहे थे।उनकी यह निरसता मेरे कण कण को भय से भर रही थी। मेरा भय परिपक्वता के कगार पर आ गया जब बादल बिन बरसे ऋतु चक्र कि अवहेलना कर निकल गये। कोई भी प्रार्थना, कठिन से कठिन धार्मिक अनुष्ठान, स्त्रियों का व्रत, बूढ़ी आखों कि आस,नन्हे बालकों का हठ उन सफेद और काले बादलों का वापिस ना ला सके और इस तरह मेरा एकांतवास मेरी भूमि पर खड़ा ठहाके लगा रहा था।

सारा भार उन जलाशयों पर आ गया जो खुद प्यासों कि भांति अपने कण्ठ खोले बैठे थे।समय के साथ साथ ऋतुओं के टूटते चक्र ने वर्षा ऋतु को मानो अदृश्य ही कर दिया और ग्रीष्म ऋतु ने प्रबल शत्रु

की भांति एक भयंकर आकाल को जन्म दिया।तब से लेकर आज तक मै पीताम्बर वस्त्र पहने अपने प्राचीन दिनों का याद कर अपने वर्तमान को भुलाने की कोशिश करती रहती हूं।जब भी कोई परिंदा अपने वर्तमान से निकल कर मेरे वर्तमान मे आया है तो उसने अपने भविष्य का बलिदान दिया है।आज भी एक चिड़िया मेरे वर्तमान मे अपने भविष्य की बलि दे चौंच मे दबाये एक दाना मृत पड़ी है तो ना जाने ऐसा लग रहा है की वर्षों से पड़े मेरे सूने प्रांगण मे कोई अदृश्य शक्ति बड़े ही स्नेह से मुझे कह रही है

मै आ गया हूं मां, मै आ गया हूं
मै आ गया हूं मां, मै आ गया हूं।

यह शब्द मेरे कण कण को भाव विभोर कर रहे थे पर मेरे पास अश्रु जितना नीर भी नही था बहाने को।बीते वर्षों मे बादलों का झुरमुट कई बार मेरी भूमि के ऊपर से आखें मीच कर निकला है जैसे मेरी धरातल कोई दर्पण हो जिसमे उनका प्रतिबिंब उनके कर्तव्य पलायन की गाथा गा रहा हो।कहीं मेरा अवचेतन भी मुझे इन बादलों कि तरह छल

तो नही रहा जो मां शब्द से संबोधित कर मुझे मेरी वास्तविकता से दूर लेकर जाना चाहता हो। क्षण भर के लिए ही सही पर मेरी यह कल्पना मेरी मूर्छित पड़ी मातृत्व के लिए संजीवनी बूटी साबित हुई।तभी एक गर्जना मुझे वास्तविकता मे ले आयी और मेरा वर्तमान काले घने बादलों से घिरा हुआ था।सूरज एक मध्यम सा बिंदु लग रहा था जो धीरे धीरे शुन्य हो गया।उबलती धूप फर्श से अर्श पर चली गयी और बादलों के ऊपर अपनी आभा के साथ कौतुक करने लगी। बहती पवन हमेशा की तरह मध्यसथा मे लग गयी कि शायद इस बार मेरे और बादलों के बीच चल रहा शीतयुद्ध समाप्त हो जाये। अपनी बार बार गर्जना से मेघ मेरी प्रशनों कि पोटली को खोलना चाहते थे जिनके उतर लिए आज वह काफी देर से मेरी बंजर जमीन के ऊपर दृढ़ खड़े थे।आज वर्षों बाद सृष्टि के दो आधार,एक स्थिर और और एक अस्थिर, एक ठोस और एक वायुरुप, एक सिमटा हुआ और एक स्वतंत्र, एक अपनी कटुता छुपाए और एक अपना स्पष्टीकरण लिए इतनी लम्बी अवधि के लिए आमने सामने हुए थे। गर्जना बंद हुई तो गूंज रह गयी और गूंज बंद

हुई तो खामोशी खाने लगी।फिर तभी अचानक इस खामोशी मे नमी सी आ गयी और मेरी धरा पर हाथ फेरने लगी।। यह कोई साधारण स्पर्श नही था।इस स्पर्श मे निहित था एक पुत्री का स्वार्थ अपने पिता के प्रेम के लिए जो वर्षों पहले उसे मिलना बंद हो गया था।आज यह स्पर्श और भी अधिक भावना प्रधान लग रहा था शायद इसमे कुछ पिता कि मजबूरीयां छिपी थी और एक पुत्री की पिघलती हुई रूष्टता। ज्यों ज्यों नमी बड़ती गयी मेरी ऊपरी परत उसमे घुलती गयी और मुझे वापिस अपनी सुगंध का एहसास हुआ। यह सुगंध मेरे दरारों से होती मेरे कण कण को प्रोत्साहित करने लगी जैसे किसी प्रयोजन के लिए तैयार कर रही हो।फिर अचानक एक भयंकर गर्जना हुई ओर आखिरकार काले मेघों ने अपनी जटाओं को खोल गंगा को आजाद कर दिया।

ऐ वर्षा तुम अब आयी हो
सूने मेरे प्रांगण मे

किस युग का जल तुम लायी हो
सूने मेरे प्रांगण मे

गर्भाषय मेरा सूख गया और झुलस गया मेरा
चित्तवन, तुम यौवन बन कर आयी हो
सूने मेरे प्रांगण मे

मेरी स्मृतियां भीग गयी और भीग गया मेरा
कण कण
गीली मिट्टी को लेकर अब सृजन करुं कैसा
जीवन
ऐ वर्षा तुम अब आयी हो
सूने मेरे प्रांगण मे

कई दिनों कि मूसलाधार वर्षा के बाद बादल जब विदा हुए तो सूरज कि किरणें मेरी गीली मिट्टी से ऐसे मिली जैसे सगे संबंधी मिल रहे हो। मेरी ठण्डी मिट्टी मे अपनी ऊष्मा को पिरो सूरज मेरी भावनाओं का आकलन करने लगा। जान गया था वह कि मैंने इस जल को अत्यंत बल के साथ पकड़ रखा है क्योंकि समय के साथ साथ यह वाष्पीकरण का शिकार होने लगेंगे। सब सृष्टि के नियम से बंधे हैं। स्वयं सृष्टिकर्ता भी। मेरी वह उत्सुकता भी खत्म हो गयी जब चिड़िया के मुहं मे दबा दाना वर्षा के वेग से निकल गया और मेरी किसी दरार मे समा गया।अपनी इस नवस्मृति लिए मेरा जीवन उसी पुरानी दैनिकचर्या के साथ आगे बड़ने लगा। हां कुछ दरारें जरूर भर गयी थी। दक्षिण का तालाब कीचड़ से भर गया जो धीरे धीरे सख्त हो रहा था।कुओं ने जितना जल हो सकता था सोख लिया और फिर प्रार्थना मे जुट गये। मेरा गर्भ जल से संपन्न था पर कब तक।जल को तलाश थी जीवन कि पर यह तलाश व्यर्थ थी।धीरे धीरे वह भी इस प्रयत्न मे लग गया कि कैसे धरातल पर पहुंच ऊड़ जाऊं उस गगन कि और जहां का कारावास इस कारावास से तो

घुटन भरा नही होगां।उसका यह प्रयास चल ही रहा था कि एक दिन मेरे गर्भाषय के किसी भाग मे एक सूक्ष्म स्पर्श बार बार अपनी उपस्थिति पैदा करने मे लग गया।एक सीमित दायरे मे एक उत्तेजित अणु कि भांति भिन्न भिन्न दिशाओं मे जा यह स्पर्श ऐसा प्रतीत होता हो रहा था जैसे कोई चिरपरिचित अपने मूल आधार की उत्पति मे लगा हो। समय के साथ साथ इस स्पर्श कि अनुभूति इतनी प्रबल होती गयी कि मेरी स्मृतियां भी इससे अछूती ना रही।मेरे स्मृति कोष मे पड़ी वह स्मृति जो चिरनिन्द्रा मे थी जागृत हो गयी जिसमें.मुझे इस स्मृति कि छवि एक ऐसे रूप मे दिखी जहां कपास के रेशों से बनी बड़ी सी पौटली,जो आलौकिक प्रकाश से प्रजवल्लित हो रही है, मे एक नवजात शिशु पूरे संसार को मोहित करने वाली स्मिता बिखेरता हुआ अपने नन्हें कोमल हाथों से प्रकाश को पकड़ने कि कोशिश कर रहा है और उसके स्पर्श मात्र से प्रकाश इंद्रधनुष मे परिवर्तित हो शिशु कि स्मिता को चरम पर ले जाता है और पौटली शिशु कि किलकारियों से गूंज उठती है।देखते ही देखते शिशु के केश बड़ने लगते हैं और आवरण बन पोटली

मे फैले प्रकाश को बाधित कर रहे हैं।शिशु जो अब पूरी तरह अपने ही केश मे छिप गया है और प्रकाश की सटीक किरणें केशों के मध्य से होती हुई पौटली को जैसे अंगार का रूप दे रही हैं।

प्रकाश और अंधकार के इस अधर मे शिशु अपनी मुषटिका जीतने हृदय से समस्त ब्रह्मांड को कंपित रखने की शक्ति रखने वाली वेदना भरी पुकार से उस शक्ति का आवाहन करता है जिसके समक्ष स्वयं त्रिमूर्ति नतमस्तक हो इस सृष्टि का संचालन करते हैं, जो नौ रुपों मे विधमान और असंख्य नामों से अलंकृत है, जिसकी उपमा स्वयं उस जगजननी से ही हो सकती है,जिसकी मनोहर छवि देख सारा संसार अपनी समस्त दुविधाओं को उसे अर्पित कर उसके ममतामयी आंचल मे छिप उसे एक महान और अतुलनीय संज्ञा प्रदान कर पुकारता है

मां   .मां   मां

दृष्टा बनी मै इस स्मृति को निहार ही रही थी की शिशु के इस आलाप ने स्मृति को भंग कर दिया और मेरा मातृत्व पुनः अंकुरित हो गया।

ऐ नन्ही चिड़िया ऐ नन्ही चिड़िया

कादम्बरी सा तुम रूप लिए चली एक दाना

लेकर भविष्य का

लाद के जिम्मेदारी एक बीज के प्रत्यारोपण कि

सदियों से इस परम्परा का तुम हो कर्णधार बनी

ऐ नन्ही चिड़िया ऐ नन्ही चिड़िया

कादम्बरी सा तुम रुप लिए चली एक दाना लेकर

भविष्य का

स्वाभिमान की उड़ान भर

आयी थी तुम जो ऐ पृथा

जानती थी क्या कि तुम यह आखिरी उड़ान है

वीरांगना सी मृत पड़ी आज मेरी देह पर, संदेह

नही मुझे अब कोई

कि तुम स्वर्ग ही सिधारी होगी ऐ सुता

ऐ नन्ही चिड़िया ऐ नन्ही चिड़िया

कादम्बरी सा तुम रुप लिए चली एक दाना लेकर

भविष्य का

यूं तो मां का ऋण कोई नही चुका सकता पर आज यह मां स्वयं ऋणी हो इस चिड़िया के नन्हें से भार को उठा नही पा रही थी। उसका शरीर विलुप्त होने के अंतिम चरण मे था और आत्मा शायद अब किसी नयी योनि मे जाकर जीवन चक्र का पुनः भागीदार बनेगी।निश्चित ही उसका यह कर्म उसे सवश्रेष्ठ योनि मे लेकर जाये ऐसी मनोकामना कर मेरा ध्यान अब उन कोशिकाओं पर केंद्रित हो गया जो बीज के मध्य मे संगठित हो भावी योजनाओं को आकार देने के लिए आवश्यक तत्वों कि आपूर्ति हेतु मेरे खनिज और जल भंडार पर निर्भर होने वाली थी।जहां वर्षो बाद फिर से मुझे इस आलौकिक प्रक्रिया से गुजरने का आनंद प्राप्त हो रहा था वहां अपनी सक्षमता को लेकर संशय और भय भी था। संशय था अपनी आंतरिक संरचना को लेकर जो कठोर हो चुकी थी और भय था भविष्य मे होने वाले जल संकट का।दोनों ही परिस्थितियां इस बीज को भ्रूण अवस्था मे ही काल के गाल मे ले जाने वाली थी।मेरा संशय समय के साथ साथ मिटता गया जब बीज से निकल जड़ रूपी कोमल भुजाएं

निरापद सहिष्णुता के साथ अपना विस्तार करने लगी और मेरे भय को निगल गयी वह बादलों कि टुकड़ी जो एक दिन अचानक शुभचिंतक की भांति आयी और गोद भराई दे कर चली गयी।समरुपता से बढ़ती हुई जड़ें मेरी उन भावनाओं को चरम पर ला रही थी जहां मेरे रोम रोम मे समायी ममता एक बार फिर न्यौछावर होने के लिए अति उत्साहित थी।शायद इसी ममतामयी शक्ति का प्रताप ही होता है कि इस गूढ़ अंधकार मे भी जीवन बिना दिग्भ्रमित हुए एक ऐसे अनुबंध का पालन करता है जिसकी एक ही मांग होती है निस्वार्थ और निशछल प्रेम। कोई यंत्र और बड़े से बड़ा ज्योतिष भी भांप नही सकता मां और शिशु के बीच चल रहे संवाद को।संस्कारों से भरा यह संवाद, नन्ही नन्ही शरारतों से भरा यह संवाद,स्नेह रूपी हठ से भरा यह संवाद,मीठी लोरियों और चांद सितारों कि कहानियों से भरा संवाद जिसमें स्वयं परमात्मा भी हस्तक्षेप नही करते। जटिलता की पराकाष्ठा मे पनप रहा शिशु इस संवाद से उस चक्रव्यूह के लिए तैयार हो रहा होता है जो इस अंधकारमय संसार से निकल उसे भौतिक पदार्थों

के रूप मे सदैव घेरे रहता है।आज जब वर्षों बाद एक बीज ने अपने अस्तित्व के लिए मेरे गर्भ को चुना तो मेरे संवाद मे निहित थी वह पौराणिक गाथाएँ जिन्हें सुन एक समय पूरा वन जन जीवन कि कल्पनायों को रोमांचित करता था। पौराणिक गाथाओं मे जड़ और चेतन इतना गहन होता है कि उनके श्रौता अपना ही नही अपितु आने वाली पीढ़ियों का भी उद्धार करते हैं।मेरा श्रौता भी भीतर ही भीतर मेरी काल्पनिक रेखाओं को पार करता हुआ भूमध्य रेखा को छूने की आकांक्षा रख अपना अधिकार क्षेत्र बड़ा रहा था।वहीं मेरी धरातल इस प्रतिक्षा मे थी कब यह बीज मेरे प्रसूति कक्ष से निकल मेरे स्वाभिमान रुपी धनुष पर प्रत्यचां चढ़ायेगा और आखिरकार वह क्षण आ ही गया।

एक रात जब पूर्णिमा का चांद हमेशा कि तरह अपने प्रचंड रूप का अभिनय करता हुआ अपनी श्वेत किरणों से मेरे बंजर स्वरूप का श्रृंगार कर रहा था और पवन अपनी दिन भर कि थकान उतारने के लिए मेरी धरा पर विश्राम करने के लिए ठहर गयी थी तब मुझे अपने भीतर एक संघर्ष कि अनुभूति हुई जो मेरे उस स्थान पर केंद्रित थी जिसे उस नन्ही चिड़िया ने

अपनी अंतिम शय्या चुना था।संघर्ष हर क्षण के साथ प्रबल होता जा रहा था और मै जान गयी कि यह वह यात्रा है जो शीघ्र ही दो खंडो मे बट जायेगी और यात्री अंधकारमय खंड को सदा के लिए भूल नये विशाल खंड मे अपनी स्वतंत्रता का आभास करेगा।इस संघर्ष से वशीभूत हो मेरी कल्पनायें शिल्पकार बन आने वाले तरू के नवजात रूप को अत्यंत ही सुंदर और मोहित करनेवाली प्रतिमाओं मे देख रही थी।प्रतिक्षा के यह क्षण मुझे अधीर कर रहे थे और इस अधीरता मे मेरा सयंम एक मचले मृग की तरह व्यवहार करने लगा।ऐसे समय मे पवन मेरी सखा बन कुछ ऐसे बहने लगी जैसे किसी नृत्यांगना को मंच मिल गया हो और अपनी अदभुत नृत्य शैली से मेरा ध्यान अपरा से परा पर लेकर जाने कि कोशिश करने लगी।उसका यह प्रयास देख मेरी धरा पर फैली ज्योतसना भी प्रेरित हो अपने व्यवहार मे और शीतलता ले आयी और मुझ मे समायी नमी मेरे संघर्ष क्षेत्र को और नरम बनाने लगी।फलस्वरूप मेरी मिट्टी मे बसी संवेदनाएं अपने भावनात्मक बल से जूझते हुए भूमिगत तरु को बढ़ी सुगमता के साथ बाहर खींच लायी और मुझे मेरे बंजर अस्तित्व से आजाद कर दिया।

कुछ वर्ष उपरांत

हवा के तेज वेग से आज कुछ पत्ते टहनी से टूट गये और मैने अपनी रुष्टता दिखा पवन को अपने वेग को मोड़ने के लिए कहा। अनमने मन से उसने अपनी दिशा तो बदल ली पर फिर कुछ देर बाद आकर अबोध बालिका कि तरह पेड़ की शाखाओं मे से निकल पत्ते के कपोलों को सहलाती हुई चली गयी पर इस बार पत्ते नही गिरे और मेरी रूष्टता धीमी आंच पर आ गयी।यह अठखेलि तो तब से शुरू हो गयी थी जब नन्हा तरु मेरे गर्भ कि पराधीनता से निकल मेरी धरा पर स्वाधिनता के श्वास लेने लगा था।नन्हा सा तरु औस कि बूदों से अपना पहला स्नान करता इतना ऊर्जावान लग रहा था जैसे महत्वकांक्षा के पंख लगाये कहीं उड़ ही ना जाये फिर हवा के एक झोंके ने उसे नतमस्तक कर दिया और पहली रात कि शिशिर मे मेरा नन्हा प्रधुम्न मेरे देह कि ऊर्जा पा चैन से सो गया।अचिंत्य स्वप्नों मे खोया मेरा नन्हा तरु जब भोर कि स्नेहील दस्तक से उठा तो वह क्या जानता था कि जिस चांद कि रोशनी मे उसने मीठी

नींद का आनंद लिया था उस चांद को प्रकाशमय करने वाला ही इस नन्हे तरू को विकासशील वर्तमान से विकसित भविष्य मे लेकर जायेगा।क्षितिज से उभरती हुई लालिमा का ललित स्वरूप जैसे ही पूर्ण प्रज्जवलित हुआ तो तरू के भीतर रासायनिक और जैविक क्रियाओं के प्रवाह ने उसकी शिलाओं मे एक विशुद्ध बल पैदा कर दिया जिससे उसकी जड़ो मे भी सजगता आ गयी।

समय के साथ साथ उसकी उन्नति मे उन परिक्षाओं का विशेष महत्व था जो कभी तेज आंधियों के रुप मे आयी तो कभी कड़कती धूप की मशाल के रूप मे।मन करता था कि इनकी कार्य प्रणाली मे हस्तक्षेप करूँ और अपने नन्हें तरु को समेट लूं अपने आंचल मे पर मेरा यह स्वार्थ मेरे तरूण के भविष्य मे उसकी दुर्बलता का कारण बनता।इस स्वार्थ को तो मैने सहजता के साथ त्याग दिया पर मेरी एक महत्वाकांक्षा निरंतर बढ़ रही थी जिसमे निहित मेरा स्वार्थ अपनी धरा पर इस तरूण के अनुजों को देखने का था। प्रतीक्षा थी अब उस क्षण की जब योग्यता कि कसौटी पर खरा उतर तरूण फल और फूलों से सुस्जित

होगा।सत्य तो यह था कि अभी तक मै उसके मूलरूप को जान ही नही पायी थी। क्या ये किसी प्रजाति का नवीनीकरण है जिसका तना फीके स्वृण रंग कि चादर लपेटे बिना किसी दाग के चारों दिशाओं मे अपनी शाखाओं को विकासशील पथ पर चला कर छोटी छोटी हृदयाकार पत्तियों के संयुक्त परिवारों का बसेरा बना हुआ था। पत्तियों मे बनी जीवन रेखा उनको समद्विभाजित करती शिखा के समीप आकर त्रिशूल का चिन्ह बना रही थी और इसे एक शुभ सूचक जान मुझे दृढ़ विश्वास था कि यह तरुण विशेष गुणों से समपन्न है। एक रात मुझे स्वप्न मे अपनी उसी स्मृति का साक्षात्कार हुआ जिसमें नन्हा शिशु रेशम कि पौटली मे अपने बढ़ते केशों से पूरी तरह ढका हुआ था पर इस बार उसने कोई आलाप नही किया। पौटली जो प्रकाश से निरंतर बड़ रही थी एक सीमा के बाद धवस्त हो गयी और नन्हा शिशु प्रकाश के बिन्दु मे बदल मेरी धरा पर आ गया और उसे प्रकाशमय कर दिया।   इस प्रकाशमय तेज मे मेरा स्वप्न भंग हो गया और मैने सूर्योदय कि प्रथम किरणों मे अपने तरुण को नहलाते हुए पाया। अपने

तरुण कि छाया कि कुछ दूरी पर मेरा ध्यान गया तो एक दाना पड़ा था जो मुझमे वही उत्सुकता पैदा कर रहा था। मै हर्षोल्लास से अपने तरुण को निहारने ही लगी थी कि दूर से एक नन्ही चिड़िया कादम्बरी सा रुप लेकर आयी और भविष्य का वो दाना लेकर चली गयी। ऋण मुक्त खड़ी मे उसे देखती रह गयी।

प्रवासी पक्षी

कंधे पर बस्ता टांगे संभलते संभलते वह ढलान से नीचे उतरा और पीछे मुड़कर पहाड़ी पर बनी अपनी झोंपड़ी को देखा। आश्वस्त हो वह पंगडंडीयों भरे रस्ते पर अग्रसर हुआ जिसका थोड़ा आगे जाकर घने जंगल मे विलय हो गया और सूरज कि रोशनी बंटती हुई नजर आयी। हृदय मे अति उत्साह लिए उसके निडर कदम उस स्थान कि तरफ बढ़ रहे थे जो बाल्यकाल मे कि गई उसकी वो खोज थी जिसने उसके जीवन मे मित्रों के आभाव को कुछ अवधि के लिए ही सही पर दूर कर दिया था।जैसे जैसे वह अपने गंतव्य के समीप पहुंच रहा था, उसके मन मे अपनी खोज कि छवि बननी शुरू हो गयी जो पिछली बार से और भी अधिक नूतन और आनंदमयी लग रही थी। उसकी छवि विभिन्न रंगों और मधुर स्वरों से भरी थी। ढलान से उतर कर उसकी मंजिल तक कि यात्रा को उसने अपने कदमों से नाप रखा था और मार्ग दर्शक के रूप मे कुछ विशेष पड़ाव अपने कदमों कि संख्या से चिन्हित किये हुए थे। 750 कदमों पर उसके पथ के दांयी और एक विशाल पीपल का पेड़ पड़ता था जो ना जाने कितनी वृद्ध अवस्थाएं पार कर चुका था और शाखाओं

का पूरा ब्रम्हांड संभाले हुए था। कई बार उसके मन मे आया कि इस पीपल के पेड़ कि गुफानुमी शाखाओं के बीच से जाकर लुका छिपी खेले पर उसे ढुंढेगा कौन। और क्या पता कोई सांप या विषैला जंतु घात लगाकर बैठा हो, यह सोच के भी वह यह पड़ाव जल्दी पार कर लेता। फिर 820 कदमों पर बल खाती हुई अविरल लताएं पथ के दोनों तरफ इतनी सघनता के साथ फैली हुई थी कि मानो अपने वर्चस्व कि क्षुधा को शातं करने मे लगी हों और लताओं को सुसज्जित करते हल्के पीले और गूढ़े लाल रंग के फूल जिनके पराग पर अकसर मधुमक्खियां अपने कटुम्ब सहित धावा बोले रहती थी। इस पड़ाव से लगभग सौ कदमों कि दूरी पर ही नदी कि कलकल करती हुई आवाज सूचक थी कि उसका आखिरी पड़ाव निकट आने को है और ठीक 1040 कदमों कि संख्या पूरी होते ही वो अपने मन मे बसी छवि को वास्तविकता मे देख रहा था। इस नन्हे बालक कि यात्रा के अंतिम छोर पर प्रहरी कि भांति खड़े थे बांस के पेड़ जो वह सीमा थी जहां से नदी का किनारा शुरू हो रहा था और करलव करते विभिन्न प्रजातियों के पक्षी नदी के बीच पड़े

पत्थरों पर बैठे अपने अपने कौतुक मे लगे हुए थे। कुछ समय तक खड़ा वह इनकी गतिविधियों को बांस के पेड़ों के बीच बने झरोखे से ध्यान से देखता रहा फिर पास ही पड़ी छोटी सी शिला पर बैठ गया और अपने बस्ते से कापी को खोल उस पन्ने को निकाल लिया जहां इन पक्षियों के निजी जीवन के कुछ तथ्यों का पिछले दो सालों का लेखा जोखा था। उसने अपने जीवन मे ऐसे पक्षी नही देखे थे परंतु उसके स्कूल के पाठ्यक्रम मे एक बार ऐसी चर्चा जरूर हुई थी कि कुछ विशेष प्रजातियों के पक्षी विदेशी इलाकों से कुछ माह के लिए बहुत ही लंबी उड़ान भर अक्टूबर महीने मे भारत मे कई स्थानों पर काफी संख्या मे आते हैं।उसे याद था कि उसकी शिक्षिका ने इन पक्षियों को प्रवासी पक्षी का नाम दिया था। और उसने अपने कापी का विषय प्रवासी पक्षी रख दिया, वह प्रवासी पक्षी जिन्हें उसे दो साल पहले वन के इस भाग का सर्वेक्षण करते हुए नदी के इस किनारे धूप सेंकते हुए मिल गये। अपनी बौद्धिक क्षमता के बल पर उसने जो जानकारी एकत्रित कि उसको कुछ पैमानों के आधार पर विभाजित कर दिया जैसे संख्या, शरीर का भार,

रंग, चोंच का आकार, पंजों का नाप और नुकीलापन, आंखो कि बनावट, स्वरों के प्रकार, झुंड मे है या अकेले रहते हैं और अंत मे उनके ठहराव कि एक औसत अवधि जिसके लिए वह बिन नागा आता रहता जब तक प्रवासी पक्षी चले ना जाते।

कापी मे बनी तालिका मे लिखा गया यह सारा ब्यौरा इन पक्षियों का पिछले दो सालों के अक्टूबर माह मे बिताये गए जीवन का संक्षेप था जो इन मृदुल जीवों के जूझारू स्वभाव को दर्शाता था। नन्हे कण्ठों से निकले स्वर कभी कभी इतने मधुर लगते पर जब इनका आपसी क्लेश हो जाता तो ऐसे प्रखर हो जाते कि इस बालक को अपने कान बंद करने पड़ते। एक बार तो संख्या न. 3 कि प्रजाति के पक्षी जो गिनती मे 10 थे संख्या न. 5 कि प्रजाति, जो अधिक बलवान थी पर गिनती मे एक तिहाई, से भिड़ गये। चोंच से चोंच टकराई, कुछ पंख भी गिरे, पंजों ने भी नोच खसोट का अभ्यास कर लिया और फिर संख्या न.5 के पक्षी कोपभवन मे चले गये। शायद यही कारण था कि अपनी दंबगई का प्रभाव बढ़ाने के लिए इस बार दोनों पक्ष अपनी बिरादरी से दो तीन

पक्षी ज्यादा उठा लाए थे। गुटबाजी चलती रहती थी। धीरे धीरे इस ग्यारह वर्ष के बालक को यह लगने लग पड़ा कि इन पक्षियों के शरीर पर रंगों कि यह विविधता ही शायद उनके भिन्न भिन्न स्वभाव का प्रतीक होंगी। अगर सफेद रंग शांत स्वभाव को दर्शाता होगा तो गाढ़ा और चमकदार लाल रंग उनकी उग्रता को।नीला रंग शायद उनकी महत्वाकांक्षाओं का होगा तो पीला रंग उनकी चंचलता का। इनके चित्रों को वह उस कापी पर भी उभारा लेता था पर जो रंग उसके पास थे वह प्रकृति द्वारा भरे गये रंगों कि उपमा मे खरे नही उतर पाते थे। आज जब वह कापी खोल पक्षियों कि गणना करने बैठा तो पहले उसकी नजर बांयी और कुछ ही दूरी पर पड़े एक विशाल पत्थर पर पड़ी जिसके पीछे छिप कोई पक्षी बार बार अपने पंखों को ऊपर नीचे कर रहा था।पंख इतने बड़े लग रहे थे कि यह बालक उनके नीचे आराम से शरण ले ले। एकदम कोयले जैसे काले पंखों को देख उसके मन मे जिज्ञासा और भय दोनों पैदा हुए और अपनी जिज्ञासा को शांत करने के लिए वह झरोखे से पीछे हटा और बांस के पेड़ों के पीछे रह बांयी और को चलने लगा।

आखिरकार वह उस जगह पर रूक गया जहां से वह पत्थर को अपने समक्ष देख सकता था। देखा तो वहां रिक्त स्थान था पर नीचे मिट्टी पर बहुत बड़े पंजो के निशान थे। उन्हें देख उसे उत्सुकता हुई किनारे पर जाकर छानबीन करने कि पर वह कुछ निर्णय ले पाता, उसकी नजर पत्थर के ऊपर पड़ी जहां एक अतिकाय पक्षी अपने दोनों पंख फैलाए उस बालक कि दिशा कि तरफ देख रहा था। खड्‌ग जैसी लंबी चोंच जिसका निचला भाग थैली कि तरह लटका हुआ और सूरज कि रोशनी मे चोंच का पीला रंग तेजोमय लग रहा था जिसको भेदती हुई काले रंग कि धारियां चोंच पर एक जाल कि तरह फैली हुई थी। चोंच को छोड़ सारा शरीर कोयले जैसा जिस पर गिद्ध जैसी बड़ी बड़ी आंखे लौ सी चमक रही थी जिसे देख बालक के नेत्र एकाग्र हो सम्मोहन अवस्था कि तरफ जाने लगे और उनको दृश्य और परिदृश्य मे सिर्फ वह पक्षी ही दिख रहा था। बालक के नेत्रों मे बनी छवि मे हलचल पैदा हुई जैसे ही पक्षी को छींक आयी और देखते ही देखते पक्षी का काला शरीर लाल रंग मे बदल गया। यह दृश्य देख बालक हक्काबक्का रह गया और भय

से कांपता हुआ झरोखे के पास पहुंचा, कंधे पर बस्ता टांग वापिस वन की और चल पड़ा। जो कदम आते हुए निडरता से भरे थे वो अब भय से ग्रसित हो रहे थे। कुछ क्षणों मे ही उसने वह पड़ाव पार पर कर लिया जहां से नदी की कलकल कि आवाज शुन्य हो गयी और कीट पतंगों का विलाप शुरू हो गया। जैसे ही वह लताओं के सम्राज्य मे पहुंचा उसे अपने पीछे से पंखों के फड़फड़ाने कि आवाज आयी। वह धीमा हुआ पर रुका नही। उसके श्वास तेज हो गये और तभी अचानक उसके पथ से निकलती हुई एक बेल से वह टकराकर गिर गया। पथ की मिट्टी मे घुली वनस्पतियों कि गंध उसके नथुनों पर दस्तक देने लगी और हथेलियों और बांये गाल पर लगी मिट्टी अपनी ठंडक का प्रभाव छोड़ रही थी। लेटे लेटे उसने दृष्टि घुमायी तो देखा काली मोटी कीड़ियों का एक झुंड किसी कीट पतंगे का शव लेकर जा रहा है \ उसके समक्ष पृष्ठभूमि पर फैली लताओं को देख उसे लगा कि वह उसे जकड़ने आ रही हैं। दूर तितलियों का एक जोड़ा अठखेलियां करता हुआ निकल रहा था। होले होले वह घुटनों के बल उठा और अपने कपड़ों

कि हालत देख एक नयी चिंता मे पड़ गया। उसकी सौतेली मां को उसकी त्रुटियों का इंतजार रहता है और अब अवश्य ही उसकी जमकर ताड़ना होगी। बस्ते को संभाल जैसे ही वह अपने कपड़ों पर लगी मिट्टी झाड़ने लगा, उसे अपने पीछे भारी पदचाप सुनाई दिए और वहीं पंखों कि फड़फड़ाहट। उसने निर्णय लिया पलट पर देखने का और जैसे ही वह मुड़ा, कुछ ही कदमों पर खड़ा वही दैत्यकार पक्षी आंखो मे लौ लिए उसे निहार रहा था। बालक एकदम स्थिर मुद्रा मे खड़ा अपने भीतर पैदा हुए अथाह भय से झूझने लगा।इससे पहले कुछ प्रतिक्रिया होती, पक्षी की चोंच के भीतर से एक कनखजूरा खिसकता हुआ निकला पर पक्षी ने उसे वापिस दबोचा और निगल गया। सृष्टि के इस पारितंत्र मे होने वाले आहार जाल को देख बालक घबरा गया और एक कर्णभेदी चीख देता पहाड़ी कि तरफ दोड़ा।हांफते हांफते वह अपनी झोपड़ी पर पहुंचा तो उसकी सौतेली मां झाड़ू लगा रही थी और मुन्ना पालकी मे गहरी नींद मे था। उसके कपड़ों को मैला देख मां ने कोसना शुरू कर दिया जिसका वह आदि हो चुका था। तीन साल पहले हुई सगी मां

कि मृत्यु से लेकर सौतेली मां के आगमन के बाद से ही उसके हृदय मे प्रेम कि परिभाषा बदल गयी थी। कई सीमाओं मे बंध गया था उसका बचपन जो लुक छिप के कभी कभार लांघ लेता उन्हें पर जब पकड़ा जाता तो कठोर शब्दों के चाबुक उसके हृदय मे निहित चंचल भावनाओं को छलनी कर देते।उसका बाल्यकाल किशोरावस्था से पहले कठोरावस्था कि तरफ जाने लग पड़ा और इसलिए आज अपनी मां के तीखे शब्दों कि उपेक्षा करता अपने मैले वस्त्रों को उतार झोपड़ी के पास बनी छोटी सी मिट्टी कि हौदी के पानी से निकाला, सुखने कि लिए टांगकर दूसरी जोड़ी डाली और बिना मुन्ने का माथा चूमे सरपट दोड़ लगायी अपनी पिता कि चाय कि दुकान कि और।

हिमाचल प्रदेश के एक कस्बे मे बनी उसके पिता की चाय की दुकान के मुख्य ग्राहक आसपास बने उधोगों के कर्मचारी थे और बालक सुबह से लेकर शाम तक अपने पिता का हाथ बंटवाता। दोपहर के भोजन के लिए वापिस झोपड़ी मे जाता, अपना भोजन कर पिता जी का भोजन ले आता, साथ ही अपना बस्ता भी ले आता ताकि दो घंटे पास ही बने

सरकारी स्कूल मे शाम की कक्षा लगा सके। सौतेली मां ने इसका कई बार विरोध किया पर उसके पिता दृढ़ थे इस निर्णय को लेकर। सात बजे दुकान बढ़ा कर दोनों साथ वापिस आते पर क्यी बार कर्मचारियों मे से ही बनी कुछ मित्र मंडली रोक लेती उसके पिता को और तब वह रात को नशे मे धुत्त आते। खूब क्लेश होता। पहली पत्नी तो यह सहती सहती सिधार गयी पर दूसरी वाली तो आग मे घी डालती। कभी कभी मुन्ना रो पड़ता तो विराम लग जाता कलह पर और बालक मन ही मन धन्यवाद देता मुन्ना को। छः महीने का मुन्ना ही उसका एकमात्र स्त्रोत था जिससे वह अपने मन कि बात कर लेता। अपने दिनभर कि गतिविधियां जब उसे बताता तो मुन्ना पूरी ऊर्जा के साथ अपने हाथ पैर हिला उत्सुकता का प्रदर्शन करता। कभी उसकी नाक पकड़ लेता तो कभी बाल खींचता तो कभी अपनी मुष्टिका मे अपने बड़े भाई कि उंगली को पकड़ मुंह मे डाल लेता। यह क्षण बालक के चोटिल मन को सौम्यता प्रदान करते और वह इन क्षणों के दीर्घायु होने कि कामना करता रहता। आज शाम को दोनों बाप बेटा दुकान से आये

तो समय पाकर बड़ा भाई छोटे भाई से विशाल पक्षी के साथ हुए साक्षात्कार को नाटकीय ढंग से बताने लगा। जहां एक विशुद्ध श्रौता कि तरह मुन्ना झोंपड़ी मे अपने भाई कि बातें सुन रहा था वहीं बाहर एक कुटिल वक्ता कि तरह सौतेली मां ने आलोचनाओं कि लड़ी लगा रखी थी। हीरा ने यह किया, हीरा ने वो किया, हीरा ने कपड़े मैले कर दिये, हीरा यह नहीं करता। हीरा नाम था बालक का जो इस सौतेली मां के अपेक्षाओं के दबाव मे जी रहा था।

रात को कई बार पक्षी के कुस्वप्न उस बालक को आते रहे और उसे अपनी झोंपड़ी के निकट पंखों के फड़फड़ाने का आभास होता। ऊपर से बीहड़ वन से आता निशाचरों का आलाप उसे और भयभीत करता। मध्य रात्रि को कच्ची नींद से जाग जब उसने झोंपड़ी मे बने सूराख से देखा तो वन मे ऊंचे पेड़ों कि शिखांए चांदनी मे ऐसे झूल रही थी जैसे कोई उन्हें जगाने कि कोशिश मे लगा हो। तभी अचानक एक तीक्ष्ण विलाप उठा वन से जिसकी प्रतिक्रिया मे निशाचरों ने भी अपना नाद छेड़ दिया। विचलित हो बालक

ने चादर ओढ़ी और सोने कि कोशिश की। सुबह को उठ उसने पथ पर जाने का विचार त्याग दिया और जल्दी स्नान कर पिता जी के साथ ही दुकान पर चल पड़ा। अगले तीन दिनों तक उसका साहस नही पड़ा वन मे जाने का फिर चौथे दिन उन पक्षियों के प्रति उसकी निष्ठा जागी और अपना बस्ता उठा निकल पड़ा उसी पथ पर जो स्वयं उसकी प्रतीक्षा मे था। सचेत इंद्रियों के साथ वह धीमी चाल लिए आखिरकार पहुंच ही गया झरोखे के पास और माथे से पसीना पौंछा। प्रवासी पक्षियों के पुनः दर्शन कर उसका भय क्षीण हुआ और मन मे उत्साह जागी। नदी की दोनों दिशाओं का उसने निरीक्षण किया और किनारे पर पड़े उस बड़े पत्थर के ईर्दगिर्द भी नजर घुमायी पर उस विशाल पक्षी की उपस्थिति का कोई भी चिन्ह नही था और आश्वस्त हो बालक ने कापी निकाल फिर से गणना शुरू कि। अभी कुछ समय ही निकाला था कि उसे अपने पीछे किसी कि उपस्थिति का आभास हुआ और वह शिथिल पड़ने लगा। मन ही मन ठान लिया कि बस इस बार सकुशल निकल जाये यहां से फिर वापिस नही आयेगा कभी। इस पहले वह मस्तिष्क मे

चल रही किसी योजना को क्रियान्वित करता, पीछे से आयी एक आवाज ने उसे अचंभित कर दिया।

घबराओ मत मै तुम्हे कोई नुकसान नहीं पहुचाऊंगा"

आवाज भारी थी पर उसमे मधुरता थी।

किसी और मनुष्य कि उपस्थिति कि संभावना को उस आवाज से जोड़ जब उसने पीछे पलट कर देखा तो कुछ ही कदमों पर वही विशाल पक्षी काला रंग ओढ़े अपने पंख समेटे खड़ा था पर उसके नेत्रों मे वह पहले वाली चमक नही थी। बालक अवाक् सा खड़ा उसे ऊपर से नीचे तक देखने लगा। हूबहू मानवीय पैरों के आकार जैसे पंजे जिनसे निकलते लंबे नुकीले नाखूनों को देख बालक थोड़ा सहम सा गया। उसको सहमा देख पक्षी ने अपने नाखूनों को समेट लिया और अपने कथन से बालक का भय क्षीण करने का प्रयास करने लगा।

"मेरा विश्वास करो, मै तुम्हें कुछ नही कहुंगा"- पक्षी बोला।

बालक (घबराते हुए)- "त..त.. तुम इंसानों की तरह कैसे बोल सकते हो?"

पक्षी- पक्षियों मे भी कुछ दुर्लभ प्रजातियां है जो मनुष्य की भाषा समझ और बोल सकते हैं।

बालक (थोड़ा सहज होता हुआ)- "क्या तुम भी एक प्रवासी पक्षी हो?"

पक्षी - "मै जिस जगह से आया हूं वह एक विशाल टापू है समुद्र से घिरा हुआ जहां एक ज्वालामुखी है जो हर पांच सालों मे फटता है जिसके कारण हमारी प्रजाति किसी सुरक्षित स्थान पर चली जाती है। इस बार कुछ पक्षियों के झुंड का पीछा करता मै यहां आ पहुंचा।"

बालक (पक्षी की तरफ कदम बढ़ाता हुआ)- "क्या मै तुम्हें छू सकता हूं"

पक्षी - "जरुर" और यह कहकर वह बालक के निकट आया और अपनी खड्ग जैसी चोंच का उसके समक्ष झुका दिया।

झिझकते हुए उसने चोंच को छुआ तो उसकी उंगलियां फिसलती हुई आगे पीछे हो इस स्पर्श मे मानो खो गयी और उसके मुख पर कुछ नया अनुभव करने के अहसास से भरी स्मिता तैरने लगी। उसके

मन मे पैदा हुए सारे भय लुप्त हो चुके थे और वह अब पक्षी को किसी निजी संपत्ति का आधार मानने जा रहा था। पक्षी, जो उसकी भावनाओं को परख रहा था, अपने पंखों का भी प्रदर्शन करने लगा जिन्हें बालक जैसा ही छूता तो उनमें रंगों का परिवर्तन एक लहर कि तरह आता और फिर औझल हो जाता। निडरता कि सीढ़ी पर चढ़ बालक अब अपने मन मे जन्मे सवालों को पक्षी के समक्ष रखने लगा।

बालक- "तुम्हारा शरीर इतना बड़ा कैसे है?

पक्षी- "हमारे टापू पर हजारों वर्षों पहले पेड़ों से भी लंबे और विशाल जानवर रहते थे। हमारे वशंज उसी काल से हैं और इसलिए शायद उस समय कि स्थितियों के अनुकूल कुदरत ने हमे इतना बड़ा शरीर दिया और हमारे स्वरूप मे ऐसे रंग भर दिये जिन्हें अपनी इच्छा के अनुसार बदल कर दूसरे जीवों को छल सकते हैं।मै अपनी प्रजाति कि वह पीढ़ी हूं जिसे विरासत मे लंबी चोंच और नुकिले पंजे भी मिले हैं।

बालक- "तो क्या वो पेड़ों से भी बड़े जानवर अब भी तुम्हारे टापू पर हैं।

पक्षी- "मेरे पूर्वज बताते हैं कि एक दिन इतना भयंकर ज्वालामुखी फटा कि की टापू की जमीन पर आग का दरिया बहने लगा और वह जानवर उसमे झुलस कर मर गये। हमारे वंशज समय रहते वहां से उड़ गये और कई साल बाद वापिस आकर वहां फिर से बस गये।

इससे पहले ये प्रशनावली आगे बढ़ती बालक का जाने का समय हो गया। जिस पक्षी के भय ने उसे तीन दिनों तक इस मार्ग से दूर रखा आज उससे मात्र कुछ क्षणों कि भेंट से ही बालक के हृदय मे पक्षी के लिए प्रीती अंकुरित हो रही थी। सौतेली मां का भय ना होता तो शायद अपनी जिज्ञासा को और शांत कर लेता पर इस विचित्र संगति मे आत्मीय बंधन कि अनुभूति लिए वह लौट गया। आयु के जिस पड़ाव को बालक पार कर रहा था उसमे संजोयी गई स्मृतियां अकसर चिरंजीवी होती हैं और भावनाओं के समुद्र को शांत और अशांत रखने मे महत्त्वपूर्ण भूमिका निभाती हैं। आज कि यह भेंट बालक के मन मस्तिष्क मे चलचित्र कि तरह चलने लगी परिणाम स्वरूप अपने दैनिक कार्यों मे उसकी सलंग्नता आज बंट रही थी।

पिता को इसका आभास तो हुआ पर वह ग्राहकों के साथ वार्ता मे लगा रहता था। अगली सुबह वह फिर पक्षी से नये प्रशनों के साथ मिला।

बालक- "क्या तुम और भी इंसानों से मिले हो?"

पक्षी- "हम इंसानों से दूर रहना पसंद करते हैं पर उनके स्वभाव को अच्छी तरह से जानते है."

यह कह पक्षी कुछ समय के लिय शांत हो गया और उसके मुख पर बालक को कठोर भाव दिख रहे थे।

बालक- "तुम इंसानों से दूर क्यूँ रहना चाहते हो?"

पक्षी (कुछ देर शांत रहा फिर बोला)- हमारी प्रजाति को लगता था कि वो विशाल जानवर ही उनके सबसे बड़े शत्रु हैं जिनका सर्वनाश कर कुदरत ने उन पर बहुत बड़ी दया दिखाई पर वो गलत थे। ..... सच तो यह है कि उनसे भी प्रबल शत्रु एक दिन हमारे टापू पर आया और मेरे पूर्वजों का शिकार करने लगा।

बालक -"कौन थे वो?"

पक्षी- "मनुष्य" और यह कहते ही उसकी आखें फिर लौ जैसी चमक पड़ी जिनमें कभी बालक को घृणा दिख रही थी तो कभी निराशा।

कुछ क्षणों के मौन के बाद पक्षी ने अपनी व्यथा फिर कहनी शुरू कि।

पक्षी- "चूंकि हम मनुष्यों की भाषा बोल और समझ सकते थे, जब वो हमारे टापू पर आये तो उन्होंने ने हमारे साथ मित्रता बढ़ाने कि कोशिश कि। हमें नयी नयी चीजें खाने को दी जो उस टापू पर नही थी। हमारा विश्वास जीत वो हमारे साथ टापू पर रहने लगे और वहां के अमूल्य खनिजों और फलों को शोषण करने लगे। बड़ते समय के साथ मौका देख वह एक एक करके हमारा शिकार करने लगे। वह कई हथियारों से लैस थे जिनका हम सामना नही कर पा रहे थे। ...

पक्षी ने फिर मौन धारण कर लिया मानौ किसी गहन सोच मे चला गया हो।

बालक -"फिर क्या हुआ।"

पक्षी (एक लंबी आह भरते हुए)-" एक बार फिर कुदरत ने हमारी रक्षा कि। एक रात को ज्वालामुखी अचानक फट गया और आग के शोले आसमान से बरसने लगे। नीचे आग का दरिया और ऊपर विषैले बादल मंडरा रहे थे। हमारी प्रजाति ऐसी परिस्थितियों से जूझ चुकी थी इसलिए अपना बचाव किसी तरह कर लिया पर इंसानों ने अपनी नांव पर पहुंचने से पहले ही दम तोड़ दिया।

पक्षी- "उसके बाद कोई भी मनुष्य हमारे टापू पर नही आया और अपनी पहचान को सुरक्षित रखने के लिए हमारी प्रजाति ने यह फैसला लिया कि टापू के इर्द गिर्द एक निश्चित सीमा तक ही हम उड़ान भरेंगे। पर मैंने......

पक्षी ने यह कह कर अपना शीश झुका लिया मानो किसी ग्लानि मे भर रहा हो।

बालक- "पर मैंने क्या दोस्त?"

दोस्त शब्द सुन पक्षी ने अपना शीश उठाया और बालक के गालों पर अपनी चोंच सहलाने लगा। बालक को मजा आने लगा इस मुलायम स्पर्श से और वह गदगद कर उठा।

बालक (अपनी बात दोहराई)- "पर मैने क्या दोस्त?"

पक्षी-"जब मनुष्य हमारे दोस्त बने तो वो अपनी दुनिया कि के बारे मे बताते। वह तो चल बसे पर अपनी रोमांचक गाथाएं छोड़ गए जो पीढ़ी दर पीढ़ी आगे सुनाई जाती रही। जब मुझे उनके सुनने का अवसर प्राप्त हुआ तो मैने ठान लिया कि गाथाओं मे बसे इस संसार को जरूर खोजूंगा। पर हमारे इन विशाल पंखों को ईजाजत नही थी ऊंची उड़ाने भरने कि पर मैने इन सीमाओं को लांघ ने का निश्चय कर लिया। जभी भी ज्वालामुखी आग उगलता तो हम सब उड़कर टापू मे बने सुरक्षित स्थान पर चले जाते और ऐसी ही स्थिति का लाभ उठाकर मै इस बार वहां से निकल आया।

बालक- "इसका मतलब तुम एक प्रवासी पक्षी नही हो।"

पक्षी- "नही और मै यह भी नही जानता की मै अपने टापू पर वापिस जा पाऊंगा कि नही।

बालक- "तुम ऐसा क्यूँ सोचते हो?"

पक्षी- "एक तो मैने अपनी प्रजाति द्वारा बनाये नियम तोड़े और दूसरा मेरे भाई बंधु अब तक मुझे मरा हुआ मान चुके होंगे।

बालक- "हो सकता है वह तुम्हें ढुंढने के लिए निकले हों"

पक्षी- "वो लोग अपनी सीमा कभी नही पार करेंगे और चाहें भी तो इतनी लंबी दूरी पार करने के लिए ना जाने कितने दिनों तक उड़ना होगा,कितने समुद्र लांघने होंगे, कितने मनुष्य द्वारा बसाए गये नगरों को पार करना होगा। ऐसा कर वह अपनी और प्रजाति के दूसरे पक्षियों कि जान जोखिम मे नही डालेंगे। और मै चाहता भी नही कि जो मूर्खता मैने कि उनमें से कोई और करे।

यह कह कर पक्षी फिर निराशा मे डूब गया।

बालक- "तुम चाहो तो इस जगह पर रह सकते हो। नदी के पास, चारों तरफ जंगल से घिरी हुई। नदी मे इतनी मछलियां है कि तुम्हें खाने के लिए इधर उधर जाने कि जरूरत भी नही। और अब तो तुम्हारा एक दोस्त भी हैं यहां"

बालक के इस प्रस्ताव मे निहित थी उसके बालपन कि वह स्वाभाविक मांग जिसमें निश्छल मन समय के रथ पर सवार सदैव सारथी कि तलाश मे रहता है।वहीं दूसरी और पक्षी, जो मीलों दूर अपने कुटुम्ब से यहां एकांत मे आ गया , अपने शेष जीवन कि रूपरेखा को खींचने कि कयी संभावनाओं को तलाश रहा था। ऐसे मे बालक का यह सुझाव उसकी निर्णायक क्षमता को प्रभावित करने लगा और पक्षी गूढ़ चिंतन मे लग गया। कुछ देर शांत रहने के बाद पक्षी ने अपने मन कि बात रखी।

पक्षी- सच तो यह है कि इस जगह तक आते आते मेरे पंखों मे उड़ान भरने कि ऊर्जा काफी कम हो चुकी है और उन्हें अब विश्राम चाहिए। ऐसे मे यहां रूकना ही मेरे लिए ठीक रहेगा और अब तो मेरा यहां एक दोस्त भी है।

पक्षी का कथन सुन बालक के मुख पर मुस्कान आ गयी जिसे देख पक्षी ने भी वैसे ही भाव दिये। पुलकित हृदय के साथ बालक ने अपने इस नये मित्र से आज के लिए विदा ली और आने वाले क्षणों के उमंग कि कल्पना करता अपने दैनिक कार्यों मे लग

गया। अगले दिन कि मुलाकात पक्षी के प्रशनों से शुरू हुई जिनके उत्तर लिए बालक कभी अपने सगी मां से मिले स्नेह के क्षणों के दर्शन कराता तो कभी सौतेली मां के शब्दों से आघात हुए अपने हृदय का वृत्तांत सुनाता। बालक तब खिलखिला उठता जब मुन्ना का विषय छेड़ता और पिता जी कि दुकान पर आये ग्राहकों का भी चित्रण करता। उनकी बातें क्यी बार व्यांग्यात्मक मोड़ ले लेती जिस मे एक बार पक्षी ने बालक कि सौतेली मां कि तुलना टापू के ज्वालामुखी से कर डाली जिसका क्रोध कभी भी फूट पड़ता है परिणामस्वरूप बालक भी किसी सुरक्षित स्थान कि खोज मे लगा हुआ है। इस तरह कुछ दिन निकल गये और धीरे धीरे बाकी प्रवासी पक्षी पलायन करने लगे पर इस विचित्र पक्षी से मिलने के बाद बालक कि कापी मे उनकी तालिकाओं पर तो मानो विराम लग गया।

एक रात जब झोंपड़ी मे परिवार गहरी नींद मे था जो जंगल से किसी जीव का विलाप आना शुरू हो गया जिससे हीरा की नींद टूट गयी और वह उस विलाप को ध्यान से सुनने लगा। एक ही लय मे आवाज बार

बार दोहराई जा रही थी जिसमे पीड़ा के स्वर उठ कर आ रहे थे। बालक पूरी एकाग्रता के साथ आवाज को सुन रहा था कि तभी उसे अपने मित्र का ध्यान आया जिसकी आवाज इस विलाप मे झलक रही थी। पक्षी को लेकर उसके मन मे क्यी तरह के भय पैदा होने लग पड़े और उसने निर्णय लिया वहां जाने का। पिता कि टार्च पकड़ उसने हल्का सा उनको हिलाया और शौच का जाने को कह दबे पांवों से झोंपडी़ से निकल ढलान कि तरफ जाने लगा।

झोंपडी़ के पीछे सपाट जमीन थी जिस पर एक छोटी क्यारी और काम चलाऊ शौचालय बना रखा था और वहीं से ढलान को नीचे रस्ता उतरता था। बालक ने वहां से खड़े होकर जब ढलान पर टार्च मारी तो रोशनी एक मोटी लकीर की तरह अंधकार को भेदती हुई नीचे पथ के दोनों तरफ उगी हुई पगडंडियों पर पड़ उनकी छाया को विकराल रूप दे रही थी और देखते ही देखते कीट पतंगों का समूह अंधकार को त्याग इस प्रकाशपुंज मे समाने लगा। नीचे का दृश्य देख बालक एक क्षण के लिए घबरा गया और वापिसी का मन बनाने लगा परंतु तभी एक तीक्ष्ण विलाप

फिर से उठा और बालक टार्च को जोड़ से पकड़ नीचे उतरने लगा। ढलान से उतरकर जिस वन को वह हर सुबह हरी पोशाक मे देखता था आज वह अंधकार कि चादर औड़े कई तरह कि रहस्यमयी और भयानक कल्पनाओं को जन्म दे रहा था। सिर्फ पोशाक ही नही बल्कि वन का शीतल वातावरण भी रात को शिशिरता मे बदल, बालक को ठिठुरने पर विवश करने लगा पर मित्र कि कुशलता के प्रति आश्वस्त होने के लिए बालक अपने कदमों का गिनता हुआ पथ पर आगे बड़ाता चले जा रहा था। चाहकर भी वह हिम्मत ना कर पाया कि टार्च कि किरणों को पथ से हटा वन कि किसी दिशा मे मोड़ दे। क्या पता उसके मन मे चल रही कौन सी कल्पना वास्तविक रूप मे दिख जाए। इस भय से प्रेरित हो वह शीघ्र ही अपने अंतिम पड़ाव पर पहुंच गया जो बिंदु था तीक्ष्ण विलाप का। पहले भी कई बार वह दिन के समय प्रवासी पक्षियों के अनुपस्थिति मे झरोखे से निकल नदी के किनारे बैठ जाता था पर आज इस विलाप का अनुसरण करता वह झरोखे से बाहर निकला तो नदी कि कलकल एकदम शांत थी मानो विश्राम कर रही हो।

बालक के पहुंचते ही विलाप भी थम गया और उसे अब हवा कि सांय सांय ही सुनाई दे रही थी।टार्च दांये बांये घुमायी पर ना तो उसका दोस्त दिखा और ना ही कोई प्रवासी पक्षी।

बड़े पत्थर के पास जाकर देखा तो उधर भी कोई नही। फिर वहां से थोड़ा आगे जाकर देखा तो पूरा किनारा सुनसान पड़ा था। उसके साहस भरे कदम अब डगमगाने लगे और उसने रुआंसी आवाज मे अपने मित्र को पुकारना शुरू कर दिया।

बालक- "दोस्त कहां हो तुम .....दोस्त....."

तभी उसे अपने पीछे से करहाने कि आवाज आयी और बालक ने पलटकर जब टार्च घुमायी तो उसकी रोशनी किनारे से लगते बांस के पेड़ों पर पड़ी जहां से आवाज आ रही थी पर कोई दिख नही रहा था। इससे पहले वो कुछ समझ पाता अचानक टार्च कि रोशनी मे कोई चीज धीरे धीरे उभरने लगी और उस दैत्याकार पक्षी के रूप मे अवतरित हुई। बालक इतना सहम गया कि उसके हाथ से टार्च छूट गयी और शरीर कांपने लगा। बड़ी मुश्किल से अपने भय पर नियंत्रण कर उसने मुख से बोल निकाले।

बालक- "द..द...दोस्त ये त...तुम हो?"

पक्षी कुछ क्षण शांत रहा फिर बोला।

पक्षी- "डरो मत हीरा यह मै हूं तुम्हारा दोस्त।"

बालक अभी भी सहमा हुआ था और विश्वास नही कर पा रहा था वर्तमान परिस्थिति का। पक्षी भी बालक को ऐसे समय मे देख, जब वह किसी विशेष प्रक्रिया से जूझ रहा था, विस्मय मे पड़ गया परंतु वह कोई प्रशन रखता, उसने सहमे बालक को स्थिर करने का प्रयास किया।

पक्षी- "तुमने जो अभी देखा, वह हमारे शरीर पर बदलते रंगों कि एक ऐसी प्रक्रिया है जिसमे हम अपने आसपास के दृश्य से हूबहू मेल खाते रंगों मे अपने आप को ढाल लेते हैं और अदृश्य प्रतीत होते हैं।

ऐसा कह पक्षी अपने एक पंख को फैलाकर बालक के निकट गया और उसके कंधे पर ऐसे रखा मानो उसे ढांढस बंधा रहा हो। बालक का डर कम कर पक्षी ने उसके इतनी रात को आने का कारण पूछा।

बालक- "जंगल से बार बार रोने कि आवाज़ आ रही थी और उसे तुम्हारी आवाज समझ मै यह देखने

आ गया कि तुम किसी मुसीबत मे तो नही हो दोस्त।"

यह सुन पक्षी का गला रुंध आया और उसने बालक के इस साहस और मित्र के प्रति कर्तव्यनिष्ठा की खूब सराहना कि।

साथ ही मे उसे ध्यान आया अपने मन मे बसी मनुष्यों की उस छवि का जिसमें वह हमेशा उसकी प्रजाति पर अत्याचार करते हुए नजर आये हैं पर हीरा के संपर्क मे आने के बाद उसके निजी विचारों और पूर्वजों कि धारणाओं मे कुछ कुछ अंतर पैदा होने शुरू हो गये थे और आज हीरा के स्नेह और चिंतायुक्त आचरण ने पक्षी को मनुष्यों मे निहित मानवीय भावनाओं के भी दर्शन करवा दिये। फिर द्रवित हृदय के साथ वह बालक से थोड़ा सा पीछे हटा और अपनी गर्दन झुका कर चोंच को खोल दिया जैसे वमन क्रिया को अंजाम देने लगा हो। देखते ही देखते छोटे छोटे रंग बिरंगे रत्न चोंच से निकलने शुरू हो गये और एक ढेर बन गया जो टार्च कि रोशनी मे हीरा की आंखों को चकाचौंध कर रहा था।

हीरा (आवाक् मुद्रा मे)- "बाप रे बाप.....यह क्या है दोस्त"

यह कहकर हीरा घुटनों के बल बैठ गया और रत्नों को छूने लगा।

पक्षी- "यह वो कारण है जिसके लोभ मे आकर टापू पर आये मनुष्यों ने हमारी प्रजाति का संहार आरंभ किया था। " हीरा-" मतलब!"

पक्षी - "हर वर्ष हम एक ऐसी पीड़ादायक प्रक्रिया से गुजरते हैं जिसमे हमारे शरीर के एक भाग मे इन बहुमूल्य रत्नों का निर्माण होता है और एक निश्चित वजन होने पर इनकी निकासी आवश्यक हो जाती है नही तो हमारे प्राण भी जा सकते हैं। इसलिए हमारा टापू ऐसे क्यी रत्नों से भरा पड़ा है। मनुष्य जान गये थे यह राज और इसलिए लालच मे अंधे हो वह हमें मार देते और रत्नों को निकाल लेते।»

हीरा(करुणा भरे स्वर मे)- "काश मै तुम्हारे दर्द को बांट सकता।"

पक्षी- "मेरा दर्द तो तुम्हें देखकर ही चला गया दोस्त। बाकी रही बात बांटने की तो कुछ है जो मै तुम्हें देना चाहता हूं।"

हीरा- "वो क्या है दोस्त"

पक्षी ने अपनी चोंच से सतह पर पड़े रत्नों के ढेर को बालक की तरफ खिसका दिया।

पक्षी- "अब यह तुम्हारे हैं दोस्त। इनको स्वीकार करो मित्र। वैसे भी यह मेरे किसी काम के नही हैं। पर तुम इनके उपयोग से अपना और अपने परिवार का जीवन बदल सकते हो।

पहले पहले तो बालक पक्षी के इस उपहार को लेने मे असमर्थता दिखाने लगा परंतु पक्षी के हठ के आगे उसे झुकना पड़ा। वह इन बहुमूल्य रत्नों के आगे मित्रता को अमूल्य साबित कर चुका था पर फिर भी दोस्त के भेंट के रूप मे उन रत्नों को हर्ष के साथ स्वीकार किया। तभी बालक को वापिस जाने कि चिंता सताने लगी और उसने रत्नों को कुर्ते कि जेब मे डाला, टार्च उठायी और पक्षी से विदा लेना ही लगा था कि पक्षी के एक प्रस्ताव ने उसे चिंता मुक्त कर दिया। थोड़ी देर बाद हीरा पक्षी की पीठ पर बैठा नदी के ऊपर उड़ रहा था। दूर पहाड़ियों पर बने घरों कि रोशनियां को देख उसे ऐसा लग रहा था कि दिये जल रहे हों। नदी एक विशाल सर्प कि भांति लग रही थी जिसका एक छोर पहाड़ियों से निकल रहा

था तो दूसरा छोर दूर क्षितिज मे समा रहा था। जब वो वन की और मुड़े तो बालक ने एक क्षण के लिए अपने दोनों हाथ फैला लिए मानो वह काल्पनिक पंख हों जिनका विस्तार कर वह गगनचुंबी उड़ान भरना चाहता हो।

निर्देशानुसार पक्षी ने बालक को झोंपड़ी के पास वाली सपाट जमीन पर उतार दिया और इस रात मे बिताये मार्मिक क्षणों कि स्मृतियों को लिए वह वन को लोट गया। बालक ने राहत कि सांस ली जब झोंपड़ी मे जाकर तीनों जन को गहरी नींद मे देखा और अपने स्थान पर जाकर सो गया पर शायद आज उसे नींद नही आने वाली थी।

सुबह को जब वह उठा तो वन जाने का समय निकल चुका था और अब दुकान जाने का समय होने वाला था। ऐसे मे अगर सौतेली मां कि अवेहलना कर वह वन जाता तो निश्चय ही सारे दिन होने वाले क्लेश को नियंत्रण देता। तैयार हो वह दुकान कि तरफ निकल तो गया पर छुपते छुपाते उसने वन को जाता हुआ कोई और मार्ग पकड़ लिया और दौड़ लगाता हुआ पक्षी के पास जा पहुंचा।

पक्षी सुबह कि धूप मे अपने दोनों पंख फैलाये सुखा रहा था जो नदी के जल से काफी दिनों बाद नहलाए गये। पक्षी को देख बालक हमेशा कि तरह प्रसन्न था पर पक्षी के चेहरे पर एक उदासी थी।

बालक- "तुम उदास क्यों हो दोस्त? ... कल का दर्द अभी भी है।"

पक्षी- "नही ऐसा नही है पर शायद आज यह हमारी अंतिम मुलाकात होगी।"

यह सुन बालक के मुख पर छाये प्रसन्न भाव गायब हो गये और हल्की हल्की सी निराशा तैरने लगी।

बालक- "पर तुमने तो यहां रुकने का मन बना लिया था।"

पक्षी- "हां मै रुकना चाहता था पर अब मुझे अपने परिवार के पास वापिस जाना होगा।...........
शुरू शुरू मे एकांतवास अच्छा लगता है दोस्त पर जिन्हें मै पीछे छोड़ आया हूँ सिर्फ अपनी आकाक्षाओं को पूरा करने के लिए, उनकी पीड़ा तो मेरे वियोग मे अंतिम श्वास तक उन्हें सहजता के साथ जीने

नही देगी इसलिए आज रात को ही मै यहां से चला जाऊंगा।"

बालक पूरी तरह से निराशा के सागर मे डूब गया और उसके गालों पर अश्रु धारा बहने लगी। सहसा ही इस क्षण मे उसे अपनी सगी मां याद आ गयी जिसके वियोग मे उसने एक सागर सा बहा दिया था परिणामस्वरूप उसकी आंखें इतनी सूख गयी कि नेत्र चिकित्सक को दिखाना पड़ा। तभी बालक ने अपने आंसू पोंछ लिए और पक्षी से अलविदा लेना का मन बना लिया।

बालक- "तुम्हारी याद आयेगी दोस्त। क्या तुम वापिस आओगे।"

पक्षी- "अब वापिस आना नही होगा दोस्त। .....पर तुम्हारी भी बहुत याद आयेगी।"

यह कहकर पक्षी कि भी आंखे नम हो गयी।

बालक- "एक बार जाने से पहले क्या मिलने आ साकते हो झोंपड़ी के पास"

पक्षी - "ठीक है। मै अपनी आवाज से ईशारा करुंगा पहुंचने पर।"

बालक - "अब मुझे चलना होगा।"

यह कहकर बालक स्फूर्ति के साथ झरोखे से निकला और दौड़ लगायी दुकान के लिए।

आधी रात को पक्षी ने आकर मध्यम आवाज मे ईशारा किया और कुछ ही समय बाद हीरा अपनी झोंपडी़ से निकल दबे पांव पक्षी के पास पहुंच गया। पक्षी का ध्यान हीरा के कंधे पर टंगे बस्ते पर गया जो भरा हुआ लग रहा था। इससे पहले वह कुछ कहता, हीरा ने अपने मन की बात रख दी। थोड़ी देर बाद दोनों क्षितिज कि और उड़ते नजर आये .... कभी ना वापिस आने के लिए।

कुछ वर्ष उपरांत

एक सरकारी जीप पुल के साथ लगते ही कच्चे रास्ते पर उतर गयी और बड़े संयम के साथ चालक पथरीले रास्ते पर वाहन को नदी किनारे लेकर जाने लगा। नदी का स्तर इतना था कि जीप उसे बड़े आराम से पार कर गयी और विपरीत दिशा मे पहुंचकर थोड़ी ही दूर पड़ती जंगल की सीमा को अग्रसर हुई। सीमा के सामांतर चलते हुए जीप कुछ ही दूरी पर जाकर

रुकी जहां से अब पुल दिखना बंद हो गया और चारों तरफ अरण्य ही अरण्य था और बीच मे बहती नदी जिसमे अवरोधक कि तरह पड़े पत्थरों का सदैव प्रवाह के साथ द्वंद चलता रहता था। चालक जीप से उतरा और पिछला दरवाजा खोल दिया। एक लंबा चौड़ा अधिकारी जीप से निकला जिसने वन विभाग कि पौशाक पहन रखी थी और गले मे बाईनैकुलर्स। अधिकारी ने बड़े प्रयासों के बाद इस क्षेत्र मे अपना तबादला करवाया था और आज दौरा करता हुआ यहां पहुंचा। उसने चारों तरफ नजर घुमायी और फिर कुछ कदम चला। बाईनैकुलर्स से उसने दूर क्षितिज कि और जाती हुई नदी को देखना शुरु किया ही था कि उसके परिदृश्य मे उसे पक्षी उड़ते हुए दिखे हुबहू वैसे ही जैसे बड़े भाई के कापी मे चित्रित थे। अधिकारी के मुख पर मुस्कान आ गयी और वह भाव विभोर होने लगा। पास ही पड़ी किसी शिला पर वह बैठ गया और अपनी जेब से एक चिट्ठी निकाली जिसे उसका बड़ा भाई हीरा जाने से पहले लिख गया था। यह चिट्ठी उसकी मां ने,जिसका कैंसर के कारण निधन हो गया, जाने से पहले उसे दी और हीरा के बारे मे बताया।

साथ ही मे उसने सौंपी हीरा कि कापी जिसे देखकर मुन्ना को हीरा के जीवन की एक नन्ही सी झलक मिलती थी। जब पहली बार चिट्ठी और कापी देखी तो मुन्ना कालेज मे था और उसने वन अधिकारी बनने का मन बना लिया। अपने अंतिम दिनों मे सौतेली मां को कैंसर से भी ज्यादा पीड़ा हीरो को स्नेह ना दे पाने की सोच से मिलती थी और बड़े पुत्र का वियोग उसे सताने लगा। ऐसे ही एक दिन स्वप्न मे हीरा हीरा पुकारती वह मृत्यु लोक को निकल गयी।

मुन्ना ने अपने जेब से चिट्ठी निकाली और उसे पढ़ने लगा।

पूज्य मां, बाबू जी और प्यारे मुन्ना,

जब आप यह चिट्ठी देखेंगे तो मै बहुत दूर जा चुका हूंगा। मै अपनी मर्जी से जा रहा हूं और शायद कभी वापिस ना आऊं। आप मुझे ढुंढीयेगा मत। मै जहां भी जा रहां हूं वहां खुश रहुंगा। जाने से पहले मै क्यारी के पास कुछ हीरे दबा कर गया हूँ जो मुझे जंगल मे मिले थे। इनसे आप को खूब धन मिलेगा और आप सब एक अच्छा जीवन बीता सकते हैं और

मुन्ना बहुत आगे तक पढ़ लिख सकता है। मां मुझे माफ कर देना मे आपको दुख देता रहा। पिता जी आपसे विनती है की हो राके तो शराब पीना छोड़ दें। मुन्ना को खूब प्यार देना।

आपका हीरा

सेबलोक

चारों तरफ सेब के ही पेड़ थे लदे हुए, एकदम पके हुए और खुशबूदार सेबों से। सेब भी ऐसे कि दोनों हथेलियां भर जाये एक सेब से।चमकदार बिना किसी दोष के। हरे रंग का सेब भी था।हवा भी इन सेबों कि खुशबू से महक रही थी। ऐसा लग रहा था मानो हर सेब यह कह रहा हो "आओ आओ साधुराम हमारे पास आओ, हमे छूओ, हमारा स्वाद चखो। साधुराम जो आश्चर्यचकित हो कर यह देख रहा था मानो इसी निमंत्रण कि प्रतीक्षा मे था। वह हल्का सा मुस्कुराया, आंखे भी मुस्कुरायी।»आगे बड़ो साधुराम" दिल और दिमाग दोनों ने एक साथ कहा। ऐसा संजोग मुश्किल से मिलता है।पूरी दृढ़ता के साथ जैसे ही उसने कदम बड़ाए मानो उसे लगा कोई मखमली सांप उसके पैरों तले निकल गया हो। देखा तो वह घास थी। फटी एड़ियों के बीच घुसती हुई घास ने मानो शहद भर दिया हो। बड़ी ही स्तब्धता के साथ उसके पैरों कि नंसे मस्तिष्क को यह संदेश दे रही थी कि देखो यह होती है मुलायमता। वह दो कदम चलता, फिर रूकता, पैरों को थोड़ा दांये बांये हिलाता, आनंदित होता, फिर आगे बढ़ता।आखिरकार वह एक पेड़ पर

आकर रुक गया जो सबसे ज्यादा सेबों से लदा हुआ था।सेब बिल्कुल उसकी आंखो के आगे लटक अपनी चिकनी त्वचा से इतराता हुआ साधुराम को सम्मोहित कर रहा था।

"तोड़ो साले को" साधुराम ने सोचा फिर मन ही मन माफी मांगी अपनी अभद्र भाषा के लिए।

"आओ इसका स्वाद चखता हुं, हां यह सही शब्द है" मन ही मन सोचा। सेब को खींचा पर उसने तना नही छोड़ा, खूब खींचा पर तना नही छूटा।

यह कैसा गठबंधन है" साधुराम ने सोचा।

"यह ऐसे नही टूटेंगे साधुराम" पीछे से किसी ने कहा।

साधुराम पलटा। "अरे ठेकेदार तुम" घबराते हुए उसने सेब को यकायक छोड़ दिया और मानो ग्लानि से भर रहा हो।

"संकोच मत करो यह तुम्हारे ही सेब हैं, तुम मालिक हो इस सेबलोक के"- ठेकेदार पास आते हुए बोला

"मै...मै मालिक इस सेबलोक का"- साधुराम ने पूरे बाग मे नजर घुमायी।

"हां तुम साधुराम"- ठेकेदार ने उसके कंधे पर हाथ रखते हुए कहा।

"पर ठेकेदार तुम यहां कैसे, गांव मे सब ठीक है"- साधुराम थोड़ा संभलता हुआ बोला।

"रखवाली साधुराम, रखवाली, बेशकीमती चीजें हमेशा रखवाली मांगती हैं।खैर छोड़ो इन बातों को और सेब खाओ"-ठेकेदार ने कहा।

साधुराम- "पर यह टूट नही रहा"

"मन कि शक्ति से टूटेगा साधुराम"- ठेकेदार बोला।

"मन कि शक्ति?"- साधुराम चौंक गया।

"अपनी आंखे बंद करो, सेब पर मन केंद्रित करो और वो टूटकर तुम्हारे हाथ मे आ जाएगा"- ठेकेदार ने दिशानिर्देश दिए।

साधुराम ने दोनों हाथों का कटोरा बना आंखे बंद कि और ध्यान केंद्रित किया किसी एक सेब पर और

छपाक से सेब उसके हाथों मे। साधुराम हर्षित हो गया।

"बैठो, बैठो मालिक और अपने बाग के सेब खाओ" ठेकेदार ने चपलता से कहा।

साधुराम सेबों का आनंद लेने लगा। इतना मीठा, इतना रस, दातों को जरा भी कष्ट नही हुआ चबाने मे।

"क्या मै वाकई इन सेबों का मालिक हूं" - साधुराम ने पूछा।

"हां साधुराम तुम मालिक हो मालिक"-ठेकेदार।

"पर यह संभव कैसे हुआ"- साधुराम।

"यह तुम्हारी कल्पना शक्ति कि उपज है" -ठेकेदार।

साधुराम अचानक सेब खाता हूआ रुक गया- "कल्पना शक्ति? यह किस चिड़िया का नाम है ठेकेदार"।

ठेकेदार --यह उस चिड़िया का नाम है जिसके हजार पंख और हजार आंखे होती है।

साधुराम जो कुछ समझ नही पाया विस्मय भाव देता हुआ "ठीक है ठीक है" कहकर सेब का आनंद लेने लगा।

देखते ही देखते 2-3 सेब पेड़ से गिर गये और साधुराम ने अनोपचारिकता मे ठेकेदार को भी सेब खाने को कहा।

तुम भी सेब खाओ ठेकेदार।

ठेकेदार(कटाक्ष मारते हुए)-शुक्र है मालिक आपको मेरा ध्यान तो आया।

मालिक शब्द से बार बार संबोधित होते हुए साधुराम अपनी उन भावनाओं के प्रथम बार दर्शन कर रहा था जो शायद मन के किसी कोयला रूपी खान मे एक नायाब हीरों कि तरह दबे बैठे थे और ठेकेदार जौहरी कि तरह न उन्हें बाहर लेकर आया बल्कि उन्हें तराश भी रहा था।

ठेकेदार मंद हि मंद मुस्कराह रहा था अपने भविष्य कि योजनाओं को लेकर और साधुराम अपने इस अद्भुत और रसीले वर्तमान से बाहर नही निकलना

चाहता था। नीयत ना भरते देख साधुराम ने कुछ सेब अपनी कल्पना शक्ति से और गिरा दिये और उन्हें इकट्ठा कर विदा लेना लगा।

ठेकेदार- अरे अरे कहां चले साधुराम, कल्पना शक्ति के भी कुछ नियम होते हैं।

साधुराम यह सुन तनाव मुद्रा मे आ गया।

"यहां भी नियम " सेब को संभालते हुए बोला।

ठेकेदार- घबराओ नही,नियम बस इतना सा है कि यह सेब सेबलोक से बाहर नही जा सकते।

इससे पहले यह चर्चा आगे बढ़ती, साधुराम को अपने मेरुदंड पर कोई नुकीली चीज पीड़ा देने लगी और वह कराह उठा।मानो किसी ने तीर मार दिया, ऐसी पीड़ा अनुभव करता उसने ठेकेदार को पुकारा तो वह गायब था और तभी अचानक साधुराम कि नींद खुल गयी और अपने मेरुदंड को उसने प्रधान के लट्ठ से जूझता पाया।

प्रधान कि आंखे उसके सांवले चेहरे पर बढ़ते रक्तचाप के कारण फूली हुई लाल धमनियों से इतनी

भयावह लग रही थी मानो खर और दूषण बदले कि आग मे बस अभी निकले। ऊपर से उसकी फुंफकार मारती हुई नासिकांए प्रधान कि जन्मजात मूकता को अशांत कर रही थी। इससे पहले कि यह शारीरिक उत्पीड़न, जो अभी तक मेरुदंड तक सीमित था, अपना क्षेत्रफल बढ़ाता, साधुराम ने कांपते हाथों से अपनी पेंट कि दांयी जेब से गुटके का पैकट निकाल प्रधान के आगे कर दिया इस अपेक्षा से कि प्रतिकूलता अनुकूलता मे बदल जाये। गुटका देख प्रधान के चेहरे पर आया विकार कुछ सहज हुआ और लट्ठ हटा अपनी मूक भाषा मे साधुराम को काम पर लगने को कहा।

गुटका, बीढ़ी का पैकेट और क्यी मादक वस्तुएं उस प्रथा कि हिस्सा थी, जिसकी बुनियाद ग्रोवर एंड ग्रोवर ऐपल ट्रेडिंग कंपनी मे काम करने वाले श्रमिकों ने प्रधान के प्रकोप को क्षुब्ध अवस्था मे रखने के लिए कि थी ताकि उनकी छुटपुट त्रुटियों कि अनदेखी हो सके। साधुराम इस प्रणाली का हिस्सा नही बना था और ना किसी मादक पदार्थ का सेवन करता था पर उसके सहकर्मी और मित्र मृणाल ने उसे इस व्यवस्था के भावी लाभों का प्रभावकारी

चित्रण दिखा उसे इस तंत्र का हिस्सा बना लिया और आज साधुराम ने साक्षात उसके सफल प्रमाण देख मन ही मन ना कि अपने मित्र का आभार प्रकट किया बल्कि इस छोटे से निवेश के संतोष दायक लाभ भी देख लिए।

कल्पना शक्ति के संसार मे मालिक बना बैठा साधुराम जब वास्तविकता मे लौटा तो उस संसार का माधुर्य पाश्र्व संगीत कि तरह साधुराम को उन प्रशनों से अनसुना कर रहा था जो विनोद रस मे लिप्त दूसरे श्रमिकों के आतुर मन से निकल रहे थे। ऊर्जावान साधुराम निरुत्तर हो सेब कि पेट्टियों को लाद जैसे ही मालवाहक गाड़ी मे रखता तो सेबलोक का चित्र उसके आंखों के सामने आ चेहरे पर अद्भुत मुस्कान ले आता। मृणाल जो साधुराम के व्यक्तित्व से चिर परिचित था आज उसके ऐसे हावभाव देख विस्मय मे पड़ गया और आखिरकार अपने प्रशनों का भार साधुराम पर डाल दिया।

मृणाल - भईया साधुराम ठीक हो।

साधुराम- हमको क्या हुआ है।

मृणाल(थोड़ा रुकते हुए)- हमारे गुटखे ने बचा लिया तुम्हें आज।

साधुराम (रुखे स्वर मे)- हां भईया बहुत बहुत धन्यवाद तुम्हारा।

मर्यादा कि रेखा पर खड़े साधुराम के उत्तर इतने स्टीक थे कि मृणाल को एक हल्के चाबुक कि तरह लगे और शुन्य भाव ले अपने काम पर लग गया।

शाम कि शिफ्ट खत्म होते ही कामगर अपनी दिहाड़ी ले अपने घरौंदों को रवाना हो गये \दिहाड़ी के साथ ही उन्हें मिलता था एक सेब जिसकी गुणवत्ता कुछ कुछ उनके जीवन से मेल खाती थी कहीं मिठास तो कहीं खटास, कीटाणुओं के सम्राज्य से भरे हुए जिनकी सड़न को इत्र समझ श्रमिक बढ़ी सहजता के साथ खा लेता था। अपना सेब लिए साधुराम ने बढ़ी औपचारिकता के साथ मृणाल से विदा ली और चल पढ़ा उस काल्पनिक सेतु को पार करने जो गोदाम से लेकर कालोनी मे बने उसके घर को जोड़ता था। कहने को तो वह गइढ़ों और गंदे पानी कि नालीयों से भरा था पर शायद गरीब मजदूर को उसके कर्म

स्थल से लेकर उसके घर तक का रस्ता हवा मे तैरते हुए एक सेतू कि तरह हि लगता है। कब कौन सा छोर कमजोर पड़ जाये और सेतु कि नीचे कि खाई इतनी गहरी होती है कि गरीब अगर उसमे गिर जाये तो उसके अपने भी उसके मृत शरीर को उस खाई से निकाल नही पाते।

इस सेतू का एक ही आधार होता है और वो है विश्वास और इसी विश्वास के साथ आज जब साधुराम अपने घर पहुंचा तो उसकी सात साल कि मुनिया ने उसे अपनी स्नेह भरी कोमल भुजाओं से ऐसा जकड़ा जैसे कोई नदी मंदिर कि उस सीढ़ी को छू गयी हो जहां से मूर्तियों के साक्षात दर्शन होते हों। इन्ही क्षणों मे साधुराम अपनी दिन भर कि थकान भूल जाता और मुनिया कि चुलबुली बातों उसमे नवीन ऊर्जा भर देती थी।अपने झोले से सेब निकाल कर साधुराम ने चहकती हुई मुनिया को दिया और जेब से दिहाड़ी निकाल अपनी पत्नी सावित्री को सौंप दी जिसने आगे उस कमाई को उनके एक कमरे के घर के कोने मे बने छोटे से मंदिर मे पड़ी लक्ष्मी गणेश जी कि प्रतिमाओं को पूरी श्रद्धा से अर्पण कर रसोई घर मे पड़े एक

स्टील के मर्तबान मे डाल दिया। स्टील के डिब्बे मे बंद वह नोट नींव थे उन आशाओं और सपनों के जो इस नन्हे परिवार के मन और मस्तिष्क मे बंद थे। जब कभी डब्बा खुलता तो एक आधी खवाहिश भी आजाद हो जाती इस शर्त के साथ कि वो अब दुबारा जन्म नही लेगी। खाना परोसते समय सावित्री ने साधुराम के काले चेहरे पर एक निखार देखा जो हो ना हो मुनिया कि बातों से तो नही था। शायद कोई शुभ समाचार है जो यह खाने के बाद बताएंगे ऐसा सोच सावित्री जिज्ञासु मन के साथ भोजन करने लगी। तीन जनों का यह पारिवारिक संगठन जाड़ों कि शुरुआत मे उन पलों के लिए इतना ललायित रहता था जो रात को भोजन के बाद आंगन मे जलायी अंगीठी के आगे बिताये जाते थे।अंगीठी कि आग साक्षी ध्यान से उस वार्तालाप को को सुनती जिसमे सावित्री कि महंगाई कि व्यथा होती, मुनिया कि स्कूल मे पढ़ाई गयी कविताएं और किसी नन्ही फरमाइश को पूरा करवाने का लोलुपता भरा प्रयास और अंत मे साधुराम, जो निष्कर्ष निकालता रहता उनकी बातों का, अपने गोदाम कि कथाएं सुनाता जिसका मुख्य पात्र अकसर

प्रधान रहता था। अपनी अपनी मन कि बात करने के बाद तीनों कुछ समय के लिए मौन धारण कर अग्नि को निहारते रहते जिसमे एक बार सावित्री को ऐसा लगा जैसे मीराबाई भजन कर रही है और कयी बार मुनिया तो उन नन्ही लप्टों को नाचती हुई गुड़िया समझ बैठती पर साधुराम को तो वह हमेशा ही प्रधान का प्रकोप लगता।यह मीठे,नन्हे नन्हे ऊष्मा से भरे जाड़ों मे बिताये गये पल ना कि उनकी निंदिया को सूकून से भरते बल्कि आने वाले कल कि चिंता से मुक्त भी रखते थे। सभा कि शुरुआत अकसर मुनिया कि कविताओं से होती थी पर आज सावित्री के मन मे दबी उत्सुकता ने मेंडक कि भांति छलांग लगा वार्तालाप कि इस श्रंखला मे पहला स्थान ले लिया.

सावित्री- सुनिए जी आज गोदाम मे कुछ हुआ था क्या?

साधुराम (आग को निहारता) - नही तो।

मुनिया दोनों के चेहरे बारी बारी से देखती और फिर अंगीठी कि आग कि तरफ देख मुस्कुराती।

सावित्री- सुनिए जी आज आपका चेहरा सेब कि तरह चमक रहा है।

मुनिया दबी हुई हंसी के साथ अपने पिता को देखने लगी।

साधुराम(व्यंगात्मक शैली के साथ)- सेब के गोदाम मे काम करता हूं, रंग तो पकड़ूगा ही।

यह बात कहते हुए साधुराम कि आंखों के आगे सेबलोक का चित्र आ गया और उसके चेहरे पर मुस्कुराहट आ गयी।मुनिया और सावित्री दोनों अब साधुराम कि तरफ टकटकी लगाये देख रहे थे।

साधुराम- कभी कल्पना शक्ति का नाम सुनी हो।

सावित्री (थोड़ा अचंभित होती हुई)- वो किस चिड़िया का नाम है।

साधुराम - यह उस चिड़िया का नाम है जिसके हजार पंख और हजार आंखें होते हैं।

यह कहते ही साधुराम फिर सेबलोक के ख्यालों मे खो गया और मां बेटी अब एक दूसरे को हैरान नजरों से देख रही थी।

साधुराम - आज गोदाम मे मुझे एक सपना आया जिसमे मै एक बहुत बड़े सेब के बगीचे का मालिक हूं और हमारे गांव का ठेकेदार उस बाग का रखवाला।

फिर साधुराम को ध्यान आया कि अगर वो सेबलोक का मालिक है तो सावित्री मालकिन हुई।

और इसी ध्यान के साथ ही रचनात्मक शैली अपना सेबलोक का ऐसा विवरण दिया कि मां बेटी सम्मोहित हो कल्पना शक्ति कि नांव मे तैरने लगी।

इस नाव से पहले उतरने वाली सावित्री ने इस क्षणभंगुर कल्पना से निकल जब अपने हाथों पर पड़ी वास्तविक जीवन रेखाएं साधुराम को दिखाई तो वो अवाक् सा होकर सावित्री को देखने लगा। टेढ़ी मेढ़ी और टूटी रेखाएं ऐसी लग रही थी जैसे दरिद्रता कि लिपी।

सावित्री - चलिए ढूंढिए तो इसमे मालकिन वाली रेखा (शरारत भरी हंसी के साथ)

साधुराम - अरी तू मजाक करती है क्या?

सावित्री- तो शुरू किसने किया था?

और फिर दोनों हस पड़े।

माई हम बताए आपकी मालकिन वाली रेखा- (मुनिया ने बढ़ी निरंकुश मासूमियत के साथ कहा)।

सावित्री (हंसती हुई)- चल बता।

और मुनिया ने बड़े होले से अपनी दांयी हाथ कि तर्जनी उंगली को अपनी मां कि सिंदूर भरी मांग पर रख दिया। मुनिया के गौमुख हृदय से निकली यह मार्मिक परिभाषा ने मानो हस्तरेखाओं को हीन साबित कर दिया और एक गरीब मां को उस सिंहासन पर बिठा दिया जिसके अस्तित्व कि कल्पना उसने कभी कि ही नही। अश्रु भरे नैनों के साथ सावित्री ने मुनिया को हृदय से लगा लिया।

साधुराम भी भावविभोर हो अंगीठी कि आग को देख रहा था जो स्वयं मुनिया के आगे नतमस्तक हो अपने सुखद अंत कि और बढ़ गयी।

फिर तीनों चैन से सो गये।

मध्य रात्रि को मुनिया कि आंख खुल गयी और उसने अपने आप को एक विशाल बगीचे मे पाया जो सेब के पेडों से भरा हुआ था..चमकदार सेब,खुशबू

दार सेब जिनकी महक पवनरूपी कालीन पर सवार मुनिया कि नासिकाओं से होती उसके मन मस्तिष्क को मंत्रमुग्ध कर रही थी।

सेबलोक वैसा ही था जैसा पिता जी ने बताया था। यह सोच मुनिया और भी अधिक प्रसन्न हो रही थी क्योंकि उसे अपने पिता कि कल्पना का हिस्सा बनने का अवसर मिल रहा था। उसके श्वेत कोमल चरण जैसे ही आगे बढ़े तो वही मखमली अहसास हुआ जो साधुराम के विवरण से मेल खाता था। मुनिया मुसकुरायी, उसके नयन भी मुसकुराये। फिर नीचे बैठ अपने दोनो हाथों से मखमली घास को सहलाने लगी। उसके हृदय मे बसे वो प्यारे पल उसे याद आ गये जब उसकी माई उसके गालों को अपनी हथेलियों से ऐसे ही सहलाती है। इस स्नेहिल स्पर्श के अनुभूति के साथ वो आगे बढ़ी उस पथ पर जो टेढ़ा मेढ़ा सा होता हुआ दूर किसी पेड़ के पीछे लुप्त हो रहा था। और इसी पथ से भुजाओं कि तरह निकले स्वर्ण रंग कि मिट्टी से बने अनेकों पथ जो सेबों कि इस सत्ता मे अपने अपने छोर पर जाकर लुप्त हो रहे थे।नारंगी

प्रकाश कि ओट मे सेबलोक का परिदृश्य संध्या समान लग रहा था और इस रंग मे अपनी कल्पनाओं का रंग भरती मुनिया चलते चलते एक वृक्ष के नीचे पहुंची जो सबसे ज्यादा सेबों से लदा हुआ था। वह जानती थी कि यह सेब पिता जी कि कल्पना शक्ति के अधीन है और उनकी अनुपस्थिति मे नही टूटेंगे इसलिए अपने अंतरमन के आनंद को बिना क्षति पहुंचाये अपने नयन और नासिकाओं द्वारा उनका स्वाद चखने लगी। ऐसा पहली बार नही हुआ था कि इस बालमन ने त्याग कि शिखा पर चढ़ाई कि थी। वास्तविकता मे भौतिक पदार्थों के आकर्षण से जूझना जानती थी मुनिया और शायद गरीब संतान इस कला मे बाल अवस्था मे ही स्नातक कर लेती है।तभी पीछे से आयी एक आवाज ने मुनिया का संपर्क तोड़ दिया उन सेबों से और पिता जी के विवरण का एकलौता मुख्य पात्र मुस्कान लिए खड़ा था।

ठेकेदार- अरे आज तो मालिक कि बिटिया .... हमारी मुनिया आयी है।

मुनिया निरिक्षण भरे नयनों से ठेकेदार को देख रही थी।

ठेकेदार - (काव्य शैली मे)

कमल नयनों मे तृष्णा लिए और मुख पे ले मुस्कान

कल्पना कि इस शाला मे एक परी भरे उड़ान

बोलो बोलो कौन?

मुनिया नटखट भाव देती हुई- मुनिया

ठेकेदार (हसंते हुए)- सही जवाब

जो मन मे बसे वो तन मे बसे

जो तन मे बसे वो मन मे बसे

बोलो बोलो क्या?

मुनिया (थोड़ा सोचती हुई) -मन माने बीज और तन माने उसका ऊपर वाला भाग, यानि फल। (चहकती हुई बोली)

ठेकेदार- अरे बाप रे बाप। हमारी मुनिया तो बहुत बुद्धिमान है।

चलो एक आखिरी पहेली।

हुं भी और नही भी

पर होती हुं मै सबमे

मेरा कोई अंत नही

बसती हूं सबके मन मे

बोलो बोलो क्या हूं मैं?

मुनिया जो ठेकेदार कि पहेलियों से मिल रहे संकेत को जान गयी थी नाटकीय भाव से अनजान चहरा बनाए चिंतन किया और फिर तपाक से बोली - कल्पना शक्ति।

ठेकेदार -(ताली ठोकते हुए) वाह मुनिया वाह .....

हमारी मुनिया तो बहुत होशियार और समझदार है।

(पेड़ पर लगे सेब को छूते हुए) काश हम मुनिया को कुछ ईनाम दे पाते पर अफसोस सेबलोक के यह सेब तुम्हारे बाबू जी कि ही सुनते हैं और वो इस समय हैं नही।

मुनिया(मिठास भरे स्वर मे)- ठेकेदार अंकल क्या आप मेरी एक बात मानेंगे।

ठेकेदार(थोड़ा सचेत होता हुआ) - हां बताओ।

मुनिया - क्या आप मुझे कुछ देर के लिए कंधे पर बिठायेंगे।

ठेकेदार (असमंजस मे पड़ते हुए)- हां हां जरुर बेटा

और यह कह मुनिया को कंधों पर बिठा लिया।

मुनिया अब सेबों को छू पा रही थी और एक सेब को अपने कपोलों पर सहलाने लगी।

ठेकेदार मुनिया कि सोच से बड़ा प्रभावित हो मन ही मन सोच रहा था (मान गये मुनिया सेब तुम तक नही आ सकते तो तुम उन तक पहुंच गयी)

मुनिया कभी सेब कि महक लेती तो कभी गालों पर सहलाती। तभी इस आनंद को आगे बड़ते हुए मुनिया ने अपने श्वेत दातों से सेब के उत्तरी गोलार्ध से एक नन्हे से हिस्से का हरण कर अपनी मुख वाटिका को उसके रस से भर लिया। मुनिया को युंह सेब का रसपान करते देख ठेकेदार कि लोलुप जीह्वा भी उस कुएँ के पास जाने को आतुर हो रही थी जहाँ मुनिया जैसी छोटी बच्ची अपनी बुद्धिमता से पहुंच गयी। अपनी अधीरता को संभालते हुए ठेकेदार ने जब मुनिया को उतरने को कहा तो कुछ क्षण और कि हठ

लिए मुनिया पास वाले सेब का स्वाद लेने लगी।सबका स्वाद एक जैसा।एक और सेब कि जिद्द लिए मुनिया जब लपकी तो ठेकेदार का संतुलन बिगड़ गया और

इस कल्पना संसार मे यह पंख हीन परी नयनों से सेब को ओझल होते देख सीधा मुलायम कुशा पर जा टकराई।मुनिया अपने सिर का पिछला भाग मलते हुई उठी तो देखा माई छौंक लगा रही थी और बाबू जी बाल संवार रहे थे। अक्सर मुनिया शरारत भरी याचनाओं से उठती थी पर उसे यूंह उठते देख सावित्री का हाथ छौंक लगाते लगाते रूक गया और साधुराम कि कंघी भी सिर के पिछले छोर पर रूक गयी।

सावित्री- (मुनिया को गोद मे लेते हुए)--का हुआ मुनिया

मुनिया - गिर गई थी माई।

साधुराम - (आश्चर्य भाव से)- गिर गयी पर कहाँ से।

मुनिया (हंसी दबाते हुए) - पिता जी के सेबलोक मे।

साधुराम - सेबलोक मे?

मुनिया (मां कि गोद से उठते हुए) हां बापू। हम ठेकेदार अंकल के कंधों पर बैठे सेब खा रहे थे और वो फिसल गये और हम गिर गये। (और फिर एक ही लह मे मुनिया ने सारी रामकथा सुना डाली)

अवाक् मुद्रा मे बैठे दोनों के चेहरे से हंसी छूट गयी और सुबह कि इस चुलबुली शुरुआत के साथ साधुराम गोदाम कि और निकल गया और सावित्री मुनिया को स्कूल भेजने कि तैयारी मे लग गयी।

गोदाम पहुंचते ही साधुराम ने मृणाल से कल के व्यवहार के लिए क्षमा मांगी और सचेत मन से काम पर लग गया।

गोदाम मे एक कोना बना हुआ था श्रमिकों के विश्राम के लिए जो फर्श से उठी छोटी सी दीवार से विभाजित रहता था और दोपहर के भोजन के बाद मजदूर वहां ऊंघ लेते थे पर चौकन्ने रहते प्रधान कि गश्त से। कल की घटना से प्रेरित साधुराम ने ऊंघने से परहेज़ किया और मृणाल को बातों मे लगा लिया। बातों बातों मे उसने अपनी कल्पना शक्ति की रचना उड़ेल डाली और मृणाल को प्रभावित कर दिया। आज

कि दिहाड़ी और सेब ले शाम को श्रमिक फिर से विदा हुए अपने अपने घरौंदा को। साधुराम कि कल्पना से वशीभूत मृणाल रात को नींद मे स्वप्न लेता लेता पहुंच गया सेबलोक मे और रह रह कर अचंभित हो रहा था। कल्पना लोक मे विचरण करता जब ठेकेदार से मिला तो ठेकेदार के रूखे व्यवहार ने उसे असहज कर दिया।

ठेकेदार- कल बिटिया आयी थी। आज मित्र आ धमके।

पर जिस आशा से आये हो, जान लो, यह सेब साधुराम कि मर्जी के मालिक हैं।

मौन धारण किये मृणाल सेबलोक को निहारता रहा और ठेकेदार को बिना कोई उत्तर दिये इस मनोहर कल्पना से शीघ्र निकल गया। अगले दिन सुबह गोदाम जाते समय मृणाल कि भेंट हुई जब साधुराम से तो उसकी कल्पना कि प्रशंसा करते ना थक रहा था। साधुराम को मानो एक और प्रशंसक मिल गया पर इस मालिक को जब मृणाल ने ठेकेदार के बेरूखी के बारे मे बताया और शोक व्यक्त किया सेब को ना चख पाने का तो साधुराम को एक क्षण के लिए लगा

कि वह ग्रोवर सेठ कि कुर्सी पर बैठा किसी श्रमिक कि आपबीती सुन रहा है। शायद कल्पना शक्ति के कुछ नियम होते हैं तो कुछ समस्याएं भी होती होंगी। ऐसा सोच उसने मृणाल को सांत्वना दी और और ठेकेदार के व्यवहार को लेकर आश्वस्त किया। आज सेब खूब उतर रहा था और जाने का माल भी बहुत था। दोपहर के भोजन के समय साधुराम का शरीर विश्राम मांगने लगा और भोजन से निवृत्त हो वह गोदाम कि ठंडी शय्या पर परना बिछा उंघने लगा। उसे उंघते देख मृणाल के मन मे संशय पैदा हुआ और उसके निवारण के लिए वह भी ऊंघने लगा। नींद गहरी क्या हुई कि संयोगवश दोनों मित्र सेबलोक पहुंच गये। साधुराम जिसने अपनी उपस्थिति पहले दर्ज कि थी सेबलोक मे ठेकेदार के साथ अपने बाग के सेबों के विलास मे डूबे हुए थे।कुछ देर पश्चात जब मृणाल भी पहुंचा उमंगित मन के साथ तो ठेकेदार के हाव भाव बदलते देख उसे ऐसा लगा जैसे वो भिक्षुक कि भांति किसी द्वार पर खड़ा है और निश्चित ही उसकी अवहेलना होगी। फिर पूरी निष्ठा के साथ साधुराम ने मृणाल का परिचय एक घनिष्ठ मित्र के रुप मे करवाया और अपनी

कल्पना शक्ति का परिचय देता एक सेब गिरा दिया मृणाल के समक्ष।मृणाल कि तृष्णा पूरी होती देख साधुराम ने फिर बड़ी कुशलता के साथ द्वेष से भर रहे ठेकेदार का परिचय उनके गाँव के एक प्रतिष्ठित और दयालु सेठ के रुप मे करवाया जिनकी अनुकंपा से ही उसे इस सेबलोक के स्वामी का बोध होता रहा है। इन चयनित शब्दों का प्रयोग करते समय साधुराम को विश्वास नही हो रहा था कि उसने कैसा कुटिलता के साथ मृणाल कि समस्याओं का हल कर दिया और अब तीनों जन किसी सगे संबंधी कि भांति वयवहार कर सेबों का आनंद ले रहे थे। भिक्षुक से भक्षक बना मृणाल भी एक के बाद एक सेब कि मांग कर रहा था जो साधुराम को अब अधीर करने लगा। यही मौका था उसकी अधीरता को असहिष्णुता मे बदलने का ठेकेदार के पास और इसी दिशा मे उसने अपनी वार्ता बढ़ाई।

ठेकेदार - लगता है मालिक आपके मित्र आज सारे बाग के सेब खा जायेंगे।

मृणाल - भईया सेब ही इतने गजब के हैं कि मन ही नही भर रहा।

साधुराम (थोड़ा थोड़ा असहिष्णुता कि तरफ बढ़ता हुआ)

ठीक ठीक है पर हिसाब से खाओ बाबू ....

मृणाल के स्वाभिमान को मानो चोट पहुंची और उसने तुरंत सेब छोड़ दिये।

मित्र को सेब त्यागते देख साधुराम को सहसा ही वो मृणाल याद आ गया जिसने कितनी बार गोदाम मे मिले सेब को "हमारी मुनिया बिटिया के लिए" कह साधुराम को थमा दिया जैसे कोई भक्त देवी को प्रसाद चड़ा रहा हो। आज जब यह सेबलोक उसे ऋण मुक्त होने का अवसर दे रहा है तो साधुराम को इस निर्मूल लोक के क्षीण होने का भय ग्रसित कर रहा है। फिर द्रवित हृदय से उसने मृणाल के छोड़े हुए सेब को पकड़ा और पूरे जोर से दो भागों मे कर दिया। ।एक भाग मृणाल को देते हुए साधुराम ने उसे इस लोक का मालिक घोषित कर दिया।

आज से तुम सेब लोक के मालिक। बोलो मित्र कितने सेब गिरा दूं।- साधुराम

ठेकेदार कि चाल तो मानो औंधे मुह गिर गयी और अब दो मालिकों कि आधीनता उस पर सवार हो उसे बेचैन करने लगी। इस सम्मान को पा मृणाल हर्षित हो गया और लग गया अपनी अधूरी तृष्णा को पूरी करने। परिवर्तनशील संसार मे साधुराम का सेबलोक मानो परिवर्तन मुक्त था। ना दिन ना रात, हर पथ एक जैसा अपनी अपनी दिशा मे दृढ़, हरपल ताजगी से भरे एक ही आकार के सेब और समान रूप लिए हर पेड़ कि डालियाँ जो बिना हिले डुले पत्तियों को अनुशासित किये बैठी थी।यह लोक प्रकृति के उस योग्यता पर खरा उतर रहा था जहां दर्शन मात्र से ही आनंद का अनुभव होता है। पर सहजता से मिले इस आनंद पर मानव जब जब स्वामित्व स्थापित करना का प्रयास करता है तो प्रयासवश वो इस आनंद के चारों तरफ रेखाएं खींच लेता है जिन्हें बाहरी व्यक्ति किन्ही नियमों के साथ ही लांघ सकता है। जब जब साधुराम जैसे लोग ऐसे आनंद से साक्षात्कार हुए हैं तब तब ठेकेदार जैसे लोग उनके हाथों को पकड़ दिशानिर्देश दे रेखाएं खिचवा लेते हैं। पर निर्धनता कि कोख से पनपि इस मित्रता ने आज ठेकेदार के प्रयासों

को विफल कर दिया।सेबों का सेवन चल ही रहा था कि अचानक किसी अदृश्य शक्ति ने दोनों मित्रों पर प्रहार कर दिया और दर्द से करहाते हुए दोनों कभी अपने पैर पकड़ते तो कभी कमर। दोनों मित्रों को छटपटाता देख ठेकेदार भी हड़बड़ा गया और इससे पहले वो इन्हें संभाल पाता वास्तविकता कि डोरी उन्हें गोदाम मे खींच लायी जहां प्रधान का लट्ठ उनकी अच्छी तरह से ताड़ना कर रहा था। क्रोध के मद मे चूर प्रधान कि मूकता फूंकारें मार रही थी और पूरे शरीर कि ऊर्जा मानो लट्ठ से संचारित होती हुई गोदाम के इस कोने मे केंद्रित हो रही थी जहां पड़े सेबलोक मे मालिक बने बैठे दोनों मित्रों को श्रमिक काफी देर से उठाने कि कोशिश कर रहे थे। इस सत्य से अज्ञात कि यह दोनों मालिक सुनने के लिए नही अपितु कहने के लिए ही पैदा हुए हैं उस का पुनः ज्ञान हुआ जब दोनों हाथ जोड़े ग्रोवर सेठ के कक्ष मे खड़े थे।

काले शीशे कि खिड़कियां बड़ी बड़ी भीतर कि गतिविधियों को छुपाती हुई चौरस आकार के कक्ष को ऐसा रूप दे रही थी मानो कोई नियंत्रण कक्ष और दांये भाग के ऊपरी मे धंसा हुआ वातानुकूलित यंत्र मानो

कोई तांकझांक कर रहा हो।कक्ष के अंदर लगा प्राचीन टेबल कई पीढियों से रहा व्यापारिक बहस का केंद्र जो सागवान कि लकड़ी से बना, और टेबल पर बिछा एक मोटी परत वाला पारदर्शी शीशा जिस पर पड़े चाय के प्यालों के निशान ढीठ कि तरह जमे हुए और ना जाने कितने बिजनेस कार्ड शीशे के नीचे तीतर बितर पड़े अपने पृष्ठभूमि पर छपे परिचय को दिखा मानो टेबल पर बैठने वालों का ध्यान आकर्षित करते हों। स्थायी सदयस्ता लिए टेबल पर पड़ी एशट्रे जो शमशान बन चुकी है और हरेक 15 मिनट मे एक आधी अधूरी चिता जलती है महंगी सिगरेटों कि। मोटे मोटे बही खाते, एक फूलदान, आधा भरा और आधा खाली शीशे का गिलास, एक प्लेट मे कटे हुए सेब कि टुकड़ियां जो सूर्यास्त के समय होने वाली लालिमा के रंग कि चादर मे लिप्टी हुई और प्रेतात्मा कि तरह भावभंगिमा करता सिगरेट का धुआं टेबल पर पड़ी असंगठित चीजों के ऊपर मंडराता हुआ और इस धुएं के परिदृश्य मे बैठा लंबा चोड़ा 60 साल का ग्रोवर सेठ जो अकसर सफेद रंग का सफारी सूट डालकर रखता था। कटहल जैसे चेहरे पर गोल्डन फ्रेम वाला चश्मा जिसके पिछे

छिपी गिरगिट जैसी आंखे, एक आंख साधुराम को देखती हुई और दूसरी मृणाल को। माथे पर टीका और एक कान मे हीरे कि बाली। छोटे सफेद बालों कि श्रंखला मानो पेंशन कि कतार मे खड़े हों। मुख पर छायी संजीदगी पर एक हल्की सी मुस्कान कैद रहती थी जो कभी कभार पैरोल पर निकलती जब सेबों का सीजन अच्छा लगता और आज भी यह मुस्कान उसके चेहरे पर रेंगती हुई कक्ष मे बने वातावरण को विस्मय मे डाल रही थी कि कहीं दोनों मित्रों कि त्रुटि ग्रोवर सेठ सहज ही ना ले ले जो प्रधान कि अपेक्षाओं को आघात पहुंचायेगा इसलिए किसी तीव्र प्रतिक्रिया के इंतजार मे वह सेठ को अपनी प्रतिकार भरे आखों से प्रभावित करने मे प्रयासरत था। पर ग्रोवर सेठ का ध्यान तो रह रह कर टेबल पर पड़ा एकलौता हुष्ट पुष्ट सुर्ख लाल चमकदार सेब खींच रहा था जिसका व्याख्यान करते आखिरकार सेठ ने मौन भंग किया।

सेठ (सेब को हाथ मे पकड़)-पिछले पांच दिन से यह सेब मेरी टेबल पर पड़ा है पर मजाल है कि यह कंही से भी गला हो। वजनदार..., ऐसी खुशबू कि इत्र को भी मात कर दे और स्वाद ऐसा कि जैसे गुड़

कि डली। बड़ा जिद्दी है यह सेब जल्दी सड़ता नही है साधुराम।

तुम दोनों की किस्मत बहुत अच्छी है जो आज इसके दर्शन हो गये वर्ना इसे खाने वाले और देखने वाले तुम्हारी साल भर जितनी कमाई को यूं ......यूं (चुटकी बजाते हुए) मिनटों मे उड़ा देते हैं।

मृणाल- पर मालिक ऐसा सेब तो हम देखे भी हैं और खाये भी हैं।(विजयी स्वर मे कहता हुआ)

सेठ को तो मानो सांप सूंघ गया मृणाल का कथन सुनकर। मुस्कान जो पेरौल पर निकली थी वापिस कैद हो गयी और सेठ थोड़ा उग्र होने लगा जिसे देख अब प्रधान के चेहरे पर विजयी मुस्कान आ गयी।

सेठ- क्यों बकवास करता है तू? तूने कहां देख लिए ये सेब?

मृणाल (तपाक से जवाब देता हुआ)- साधुराम के सेबलोक मे मालिक।

शतरंज मे मिली शह और मात कि तरह मृणाल के यह शब्द सेठ को अचंभित और भयभीत दोनों कर रहे थे।जहां प्रधान का मस्तिष्क इस सेबलोक शब्द

से जूझ रहा था वहीं सेठ को किसी सेंध का भय खाने लगा। इस अद्भुत विषय कि जांच करने हेतू सेठ ने कड़क आवाज मे साधुराम से उसके सेबलोक का राज उगलने को कहा। कोर्ट मे खड़े एक साक्षी कि तरह उसने अपने सेबलोक का चित्रण ऐसा किया कि एक क्षण के लिए सेठ और प्रधान दोनों साधुराम कि कल्पना के वशीभूत हो गये।

जिस गोदाम मे साधुराम कि कल्पना का जन्म हुआ उसकी नींव ग्रोवर सेठ कि उस पीढ़ी ने रखी जिनकी व्यापारिक यात्रा एक फल कि रेड़ी से शुरू हुई और समय और भाग्य के लाभकारी समन्वय ने उनके परिश्रम को मनोवांछित फल दिये। मण्डी मे आये सेबों और अन्य कुछ फलों का भण्डारण और वितरण मुख्यतः गोवर सेठ के गोदामों से ही होता था जिनके संचालन मे सेठ के दो बेटे भी कार्यरत थे। सेठ जिस गोदाम मे बैठता था वहां से बाकी गोदाम कुछ कदम कि दूरी पर थे और उनमें सेबों को छोड़ बाकी फलों कि गाड़ियां लगती थी। आज जो सेब उतर रहा था वह वैज्ञानिकों द्वारा तैयार एक नयी किस्म थी जो ना कि स्वाद, वजन और पौष्टिक तत्वों कि मात्रा मे

अधिक संपन्न थी बल्कि दीर्घायु होने का वरदान भी प्राप्त था। पर साधुराम कि कल्पना के सेबों ने मानो आज परास्त कर दिया इस नये आविष्कारक नस्ल का जो सेठ का अभिमान बने बैठे थे। अपने टूटते अभिमान को संयुक्त रखने के प्रयास मे सेठ अपनी अगली चाल के बारे मे मनन करने लगा और तभी कक्ष मे बने वातावरण को एक जोर के ठहाके से असमंजस मे डाल दिया।

वाह साधुराम वाह। क्या खूब कल्पना गढ़ी है। सेब कि पेट्टियां उठाने वाला आज उनके मालिक बनने का सपना देख रहा है।

देख रहे हो प्रधान अपने नये मालिक को।

प्रधान ने भी एक ठहाका आज छोड़ ही दिया सेठ के साथ और साधुराम को अपमानित भरे नजरों से देखने लगा। फिर सेठ अपनी कुर्सी से उठा सेब लेकर और साधुराम कि तरफ बढ़ा। उसके उठते ही मानो कक्ष मे हर चीज चौकन्नी हो गयी और अब किसी निर्णय कि पिपासा मे अधीर हो रही थी।

सेठ के स्थूल शरीर के आगे साधुराम का परिश्रमी शरीर अपने दमन के भय से कछुए कि तरह अंदर ही अंदर आश्रय लेने लगा और बड़ते हृदयचाप के कारण उसके मस्तिष्क पर पसीना उभर आया।

सेठ-(साधुराम को सेब देते हुए) आज से तुम्हारा सेबलोक हमारा हुआ। कल से हमारे दूसरे गोदाम मे जाकर काम पर लग जाना। सेबों का झंझट ही खत्म।

हाथ मे इस नयी पीढ़ी के सेब को लेकर और कंधों पर लादे अपनी कल्पना लोक का शव, साधुराम अपने हिस्से कि बची सेब कि पेट्रियों को उठाने गोदाम मे चला गया। शोकाकुल भाव चेहरे पर लिए साधुराम जब घर पहुंचा तो देखा बिस्तर से सटे छोटे से टेबल पर ठीक वैसे ही दो सेब पड़े हैं जो सेठ ने उसको आज दिया। चहकती हुई मुनिया पिता जी से लिप्ट उनके सेब को टेबल पर पड़े सेबों से मेल खाते देख गदगद हो गयी यह सोच के कि बंटवारा बराबर रहेगा।

मुनिया- पिता जी आपने भी कोई प्रतियोगिता जीती है?

साधुराम (हताश स्वर मे)- नही तो बिटिया।

सावित्री कि तरफ देखता वह इन सेबों के बारे मे पूछने ही लगा था कि मुनिया ने अति उत्साहित गति के साथ अपने स्कूल बैग से चित्रकारी कि पुस्तक निकाल पिता जी के सामने खोल के रख दि। जो चित्र साधुराम देख रहा था उसमे एक वृक्ष बना था जिस पर लटके थे दो सेब और एक नन्ही लड़की किसी पुरूष के कंधों पर बैठी उन सेबों को छू रही है।

मुनिया- पिता जी हमारे कक्षा मे आज चित्रकारी प्रतियोगिता हुई थी जिसमे मैने आपके सेबलोक का चित्र बनाया जहां मै आपके कंधे पर बैठी हूं और मेरे चित्र को प्रथम पुरस्कार मिला। वहाँ बाहर से आये एक बड़े मास्टर जी ने ईनाम मे दो सेब दिये और कहा ये सड़ते नही हैं।

साधुराम-(अपने आंसू पोंछता हुआ)- शाबाश मुनिया बिटिया। हमे गर्व हैं तुम पर।

सावित्री (साधुराम के लिए चाय लेकर आती हुई)- क्यों री सेबलोक कि मालकिन कहां है इसमें।

मुनिया-पर आपने तो अभी सेबलोक देखा ही नही है माई।

सावित्री-तुझे कैसे पता री।

मुनिया -(शरारत भरी हंसी देती हुई)- हमको सब पता है माई।

मुनिया कि इन प्यारी बातों मे साधुराम भी खिलखिला उठा और फिर भोजन के बाद गोदम मे घटा सारा वृत्तांत सुनाया। रात को नींद मे स्वप्न लेता हुआ साधुराम फिर पहुंच गया अपने सेबलोक मे और उत्साहीन खड़ा उसे निहारने लगा। इन सेबों के प्रति उसका मोह अब भंग हो गया था और साथ ही स्वामित्व कि भावना भी। आगे बड़ा तो मखमली घास उसे अब स्पर्शहीन लग रही थी और असहज करने लगी।तभी उसे एक कोलाहल सुनाई दिया मानो कोई झगड़ा हो रहा हो। ध्वनि का अनुसरण करता साधुराम घटना स्थल पर पहुंचा तो देखा ठेकेदार प्रधान के लट्ठ से झूझ रहा है और सेठ साथ मे खड़ा उसे अपशब्द कहता जा रहा है। साधुराम को देख ठेकेदार उससे मदद कि गुहार करने लगा।

ठेकेदार- बचाओ मालिक, बचाओ। यह कुरूप इंसान तो मुझे मार डालेगा।

सेठ- आओ साधुराम बढ़े मौके पर आये हो। इसको बताओ कि सेबलोक को असली मालिक कौन है।

साधुराम निरूत्तर सा खड़ा ठेकेदार को देख रहा था।

उसकी तरफ से कोई प्रतिक्रिया ना पाकर ठेकेदार भी असमंजस मे पड़ गया।

ठेकेदार(सेठ कि तरफ देखते हुए)-अगर तुम किसी दबाव मे हो साधुराम तो यह मत भुलो कि यह सेब तुम्हारी मर्जी के बिना नही टूट सकते। कोई और इन पर हक नही जमा सकता।

सेठ- ठेकेदार इससे पहले तेरी और दुर्गति हो, तू यहां से चंपत हो जा। यह मामला मेरे और साधुराम के बीच का है।

इससे पहले कि यह विषय और गंभीर होता सावित्री वहां पहुंच गयी और स्थिति का विषलेशण करने लगी।

साधुराम (अवाक् मुद्रा मे)- अरि मुनिया कि मां, तू क्या कर रही है यहां।

सावित्री- एक मै ही तो रह गयी थी घर मे इस सेबलोक को देखने के लिए, तो सोचा देख आउं।

साधुराम (खिजता हुआ) - देख लिया ना, चल अब जा वापिस।

सावित्री- (इतराते हुए) -डांटते काहे हो हमे, मालकिन हैं हम यहां कि।

सावित्री के आने से साधुराम का पक्ष और विपक्ष अब बराबर हो गया था जिससे जहां ठेकेदार को आशा बंधी वहीं सेठ मे झुंझलाहट पैदा होने लगी। भय का माहौल पैदा करने के लिए सेठ ने अपने विपक्ष को बरबर्ता भरी चेतावनी दे डाली।

सेठ- लगता है आज इस सेबलोक मे खूनखराबा होगा।

साधुराम पहले तेरी हड्डी पसली तोड़ते हैं। न रहेगा बांस, न बजेगी बांसुरी।

और ईशारा मिलते ही प्रधान अपने लट्ठ के साथ टूट पड़ा साधुराम पर।

ठेकेदार घबराकर कर पीछे हट गया और सावित्री सेठ के पैर पड़ गुहार करने लगी।

सेठ- बोल अपने पति को कि सेब गिराये।

सावित्री - सुनिए जी गिरा दि जिये ना सेब।

साधुराम (बिलखता हुआ)- मै तो कोशिश कर रहा हुं पर यह टूट ही नही रहा है।

साधुराम के इन शब्दों ने ठेकेदार को संशय मे डाल दिया। प्रधान के लट्ठ कि मार सह चुका ठेकेदार विश्वास नही कर पा रहा था कि साधुराम उसके प्रकोप के सामने किसी भी तरह का झूठ बोलेगा।

इससे पहले कि यह रहस्य सबके मस्तिष्क पर राज करता अचानक एक के बाद एक सेब गिरना शुरू हो गया। लक्ष्य कि प्राप्ति होते देख सेठ कि आंखें खुशी से चमक उठी और अतृप्त बालक कि तरह सेबों को सूंघने लगा।प्रधान भी साधुराम को प्रताड़ना छोड़ एक सेब उठा भक्षी कि तरह

खाने लगा।सेब निरंतर गिरते जा रहे थे और बाकी पात्रों को चोटिल करने लगे। एक पात्र तटस्थ खड़ा आंखे बंद करके जिसके चरणों पर सेबों का ढेर लगना शुरू हो गया। अपने आप को संभालते हुए साधुराम कि नजर जब सावित्री पर पड़ी तो बंद नयनों मे एकाग्र खड़ी मानो किसी शक्ति का आवाहन कर रही हो और साधुराम जान गया सेबों के गिरने का रहस्य। कल्पना शक्ति का नारी शक्ति से यह विलय उसे और सशक्त कर रहा था और एक निश्चित समाधान हेतु वह विनाश के पथ पर चल पड़ी। सावित्री का यह रुप देख तो प्रधान भी कांप गया और उसके हाथ से लट्ठ छूट गया। सेबों से घिरा सेठ भी अब निकल जाना चाहता था सेबलोक से और ठेकेदार किसी पेड़ के पीछे बैठा अपने आप को गिरते सेबों से बचाने कि कोशिश कर रहा था। तभी सेबों के साथ जलते हुए पेड़ के पत्ते भी गिरने शुरू हो गये मानो आसमान से आग बरस रही होऔर एक पत्ते से सावित्री के आंचल ने आग पकड़ ली पर वो अपने अंतर्मन मे इतनी लीन थी कि फलस्वरूप कल्पना शक्ति प्रचंड रुप धारण कर रही थी।साधुराम तुरंत पहुंचा सावित्री के पास और आंचल

कि आग को बुझा सावित्री को बेसुध हालात मे वहां से किसी सुरक्षित पथ को निकल गया। जैसे जैसे यह निर्धन जोड़ा आगे बड़ रहा था वैसे वैसे धीमा पड़ रहा था वह विलाप जो सेबलोक के संहार मे कई लालसाओं कि चिता जलने पर हो रहा था। सावित्री जब कुछ संभली तो उसे लगा जैसे कोई ठक ठक कि आवाज उसके कानों मे पड़ रही है।

सावित्री- सुनिए जी ऐसा लग रहा है जैसे कोई दरवाजा खटखटा रहा है।

इतना कहना ही था कि साधुराम कि आंख खुल गयी और वह पसीने मे तरबतर था।

साधुराम- क्या हुआ सावित्री, तू इतनी घबरायी क्यों है।

सावित्री- सुबह के पांच बज गये हैं और कोई दरवाजा खटखटा रहा है।

तभी बाहर से आवाज आयी। « साधुराम दरवाजा खोलो"

साधुराम- यह तो मृणाल कि आवाज है।

साधुराम ने जैसे ही दरवाजा खोला, मृणाल हांफता हुआ अंदर आया और साधुराम को जल्दी से गोदाम चलने को कहा।

मृणाल- भईया साधुराम जल्दी चलो गोदाम मे वहां भीषण आग लग गयी है।

खबर सुनते ही साधुराम ने अपना परणा पकड़ा और दोनों मित्र अपने कर्मस्थल कि और बड़े।

दिसंबर महीने के आसमान मे गोदम से उठता धुंआ सुबह सुबह कि ठंड मे अपनी पैठ बनाता हुआ चारों दिशाओं मे फैला हुआ था और जैसे ही दोनों मित्र गोदाम के पास पहुंचे

हल्की हल्की सी राख उन पर गिर रही थी। एक दमकल गाड़ी गोदाम के उस हिस्से कि आग को बुझाने लगी थी जहां कुपोषित सेब रखा जाता था। सेठ के दोनों बेटे कुछ कर्मचारियों के साथ गोदाम के बाहर खड़े अंदर हुई हानि का आकलन कर रहे थे पर सेठ और प्रधान कंही नही दिख रहे थे। जो जानकारी दोनों मित्रों को मिली उसके अनुसार आग का केंद्र बिंदु कक्ष था और घटना के समय सेठ वहीं उपस्थित

था। सेठ को बचाते बचाते प्रधान भी आग कि चपेट मे आ गया और दोनों कि हालत गंभीर बताई जा रही है।गोदाम का वह हिस्सा पूरी तरह से आग को भेंट हो गया जहां कभी ना सड़ने वाली नयी नस्ल के सेबों कि पेट्टियां पड़ी थी। और भी श्रमिक पहुंच गये और संगठित हो यथासंभव योगदान देने लगे। कुछ घंटों के परिश्रम के बाद हर श्रमिक गोदाम कि राख से सना आज बिना दिहाड़ी के अपने अपने घरों को निकल आया। साधुराम ने जब प्रवेश किया अपने घर मे तो देखा मुनिया बिस्तर पर बैठी अपने सेबलोक वाले चित्र मे एक और पात्र बना रही है।साधुराम ने करीब से देखा तो वो एक स्त्री का चित्र बना रही थी जो नमन मुद्रा मे खड़ी है। इतने मे सावित्री भी वहां आ गयी और उसकी नजर पड़ी चित्र पर।इससे पहले वह साधुराम से गोदाम के बारे मे पूछती, उसने इस पात्र के प्रति अपनी जिज्ञासा को शांत करना चाहा।

सावित्री- क्यों रि अब कौन आ गया तेरे सेबलोक मे।

मुनिया (शरारत भरी हंसी देती हुई)- माई ये तुम हो।

सावित्री - तुमको को कैसे पता।

मुनिया (रहस्यमय अंदाज में) - हमको सब पता है माई।

मां बेटी के इस संवाद से परे साधुराम सावित्री के जले हुए आंचल को देख रहा था।

इति

समोसा

छोटी बहु आई और माजी के सरहाने चाय रख कर चली गयी। थोड़ी देर बाद अखबार लेकर आयी तो चाय का प्याला भरे का भरा पड़ा।। छोटी बहु ने सोचा कि माजी ने नींद कि गोली कि डोज़ ज्यादा ले ली होगी रात को, जिसका असर शायद कुछ देर तक रहेगा। तभी पीछे से नागेंद्र भी पहुंच गये माजी के साथ चाय पीने और उन्हें सोते देख पास ही कि कुर्सी पर बैठ गये। टीवी आन कर उसने लता से माजी के आज ज्यादा देर तक सोने पर थोड़ा आश्चर्य प्रकट किया। लता जिसे लगा कि शायद नागेंद्र ने उन्हें रात को ज्यादा डोज़ दी होगी इस बारे मे पुष्टि करनी चाही। नागेंद्र कि ना सुनकर दोनो सचेत हो गये और मां के श्वासों का निरक्षण करने लगे जो बिल्कुल ना के बराबर हो गये थे और हाथ कि नसें प्रवाह हीन लग रही थी। फिर क्या थोड़ी देर बाद तीनों बहु बेटे और पोते पोती घेराव कर बैठे हुए थे माजी कि खटिया के चारों तरफ।डाक्टर जो ईमरजंसी फीस पर बुलाये गये, उन्होंने आगे फौरन ईमरजंसी डिक्लेयर करते हुए माजी को अस्पताल ले जाने को कहा। ऐसा पहला बार नही हुआ था। पहले भी दो बार जाड़ों के दिनों

मे ही ईमरजंसी घोषित हो चुकी थी पर माजी को तो जैसे इच्छा मृत्यु का वरदान था। मृत्यु द्वार से ऐसे लोटती जैसे कोई नटखट बालक किसी के घर कि घंटी बजाकर भाग जाता। पिछले तजुर्बों ने पूरे परिवार को कुछ चीजों के लिए तैयार भी कर दिया था। जैसे ऐम्बुलैंस वाले से सैटिंग, आवश्यक दवाओं का भण्डारण, रिश्तेदारों कि लिस्ट, कितने दिन वैण्टिलेटर पर रखना है, कम खर्च पर अधिकतर लाभ। माजी भी पिछले तजुर्बों से तैयार थी। वसीयत मे किसका कितना स्थान होगा इसे रिक्त छोड़ जायदाद का आवंटन अब परिवार कि खातिरदारी पर निभृर था।

पर इस बार माजी कि हालत देख सबके मन मे पूर्ण विश्वास जैसे स्थिति पैदा हो गयी थी कि यह इनकी अंतिम विदाई है। ऐम्बुलैंस भी आज इतनी जल्दी पहुंची कि जैसे वह भी बस अब निपटारा चाहती है इस वृद्ध शरीर से। गली के मोड़ पर इंतजार करती श्वेत रंग ओड़े ऐम्बुलैंस आज अपने पिछले कपाटों को खोल माजी के आने पर सुनिश्चित लग रही थी कि अब यह अंतिम यात्रा ही होगी। खैर बड़ा और मंझला भाई माजी के साथ ऐम्बुलैंस मे सवार तयशुदा

अस्पताल कि और कूच हुए। छोटा भाई और बाकी परिवार जन अपनी अपनी भूमिकाओं मे लग गये। माजी जो वैण्टिलेटर पर थी हल्की सी आंखें खोल मन ही मन स्थिति का विषलेशण कर रही थी। वह भी अब शायद परिपक्व हो गई थी कि यह अंतिम समय है और प्रभु के सिमरन मे लग गयी। दोनों भाई माजी के निकट आ उनकी हल्की सी हरकत को देख असमंजस मे पड़ जाते और ऐंबुलैंस को थोड़ा तेज चलने को कहते। तभी ऐंबुलैंस उनकी दुकान के आगे से निकली और बड़े भाई ने उसे धीमी करवा अपने जेब से दुकान कि चाबी निकाल बाहर खड़े गणेश को पकड़ा दी। गणेश ने व्यथित मन से माजी के दर्शन किए और बड़े भाई से दुकान कि आज कि होने वाली गतिविधियों का लेखाजोखा ले लिया। आजू बाजू कि दुकानों के शटर भी खुलने शुरू हो गये थे और बाजार मे चहलकदमी भी प्रथम चरण पर थी इसलिए ऐंबुलैंस कि रफ्तार अपेक्षा से कम थी पर हार्न मार मार कर ड्राईवर भीड़ को तीतर बीतर करने कि कोशिश कर रहा था। ऐंबुलैंस उस चौंक पर पहुंची जो किशोरीमल समोसे वाले चौंक के नाम से

मशहूर था।किशोरीमल समोसे वाला पिछले कई दशकों से अपने स्वादिष्ट समोसों द्वारा हर वर्ग और हर आयु कि स्वाद कोशिकाओं को संतुष्ट कर रहा था और मात्र इस एक खाद्य कि बिक्री से अपनी आने वाली पुश्तों का भविष्य सुरक्षित कर लिया था।

अक्सर ये चौंक जाम से ग्रसित ही रहता था और तयशुदा अस्पताल को भी एकमात्र यही रस्ता था। ऐंबुलैंस कि रफ्तार धीमी पड़ गयी और एकदम ठीक किशोरीमल कि दुकान के आगे रूक गयी। ड्राईवर ने लगे इस जाम को अपशब्द कहे और दे हार्न पर हार्न। दोनों भाई इस स्थिति मे ड्राईवर को कभी शांत रहने के लिए कहते तो कभी खुद उग्र हो जाते। माजी ने शांत मुद्रा मे हल्की सी गर्दन घुमा जब खिड़की से बाहर देखा तो किशोरीमल का नौकर अधपके ताजे ताजे गूंदे हुए मैदे मे लिप्टे नर्म आलुओं से भरे समोसों को उबलते तेल कि कढ़ाई मे डाल रहा था। और वसायुक्त महक गर्म समोसों कि त्वचा को भेदती हुई पवन रूपी कालीन पर सवार ऐंबुलैंस कि खिड़की पर दस्तक तक देने लगी। माजी जो शौकिन थी समोसों कि खिड़की पर एक प्रियतमा कि भांति

ऐसे हाथ फेरने लगी मानो अलविदा कह रही हो उन समोसों को जिन्हें माजी को खिला उनके स्वर्गीय पति मनाया करते थे तो कभी रिझाया करते थे। तभी खिड़की पर दस्तक होने लगी और माजी के घर काम करने वाली कि आठ साल कि बिटिया हाथ मे समोसा लिए माजी को उत्सुकता वश देख रही थी।बड़े भाई ने खिड़की खोल उसे झड़प मारी और जाने को कहा। खिड़की खुलते ही समोसों कि महक ऐम्बुलैंस के अंदर आयी और सीधा माजी के लगे वैण्टिलेटर मास्क के नीचे से खिस्कती उनके नथुनों मे जा बसी। माजी को मानो जैसे श्वास मिल गये हों। फिर जो हुआ उसे दोनों भाई आज तक नही भुला पाये। वैण्टिलेटर का मास्क हटा अपनी बुलंद आवाज को निहाल करती माजी ने उस आठ साल कि लड़की से समोसा मांग लिया और उस संजीवनी बूटी से तृप्त हो घर को वापिस लोट गयी बैरंग चिट्ठी कि तरह। ऐम्बुलैंस के पीछे पीछे आ रहा था वह कुत्ता जो खुद स्वर्ग जाने कि इच्छा मे पिछली दो बारियों से ऐम्बुलैंस के साथ हो लेता था।